U0463454

共 同 体

COMMUNITY 009

各 美 其 美

美 美 与 共

新笔记体小说、志怪、玄学与奥义书

懒　慢　抄

杨典 作品

出版人：胡洪侠
策划/出品：共同体（北京）工作室
责任编辑：高照亮　吴　琼
封面设计：角　力

图书在版编目（CIP）数据

懒慢抄 : 新笔记体小说、志怪、玄学与奥义书 / 杨
典著. —— 深圳 : 深圳报业集团出版社，2016.12
　　ISBN 978-7-80709-775-4

　　Ⅰ. ①懒… Ⅱ. ①杨… Ⅲ. ①笔记小说 - 小说集 - 中
国 - 当代 Ⅳ. ①I247.7

中国版本图书馆CIP数据核字（2016）第294981号

懒慢抄：新笔记体小说、志怪、玄学与奥义书

杨典 著

深圳报业集团出版社出版发行
（518034深圳市福田区商报路2号）
印刷　山东鸿君杰文化发展有限公司
2016 年 12 月第 1 版　2016 年 12 月第 1 次印刷
开本：787mm×1092mm　1/32 印张：8.25
字数：173千字
ISBN 978-7-80709-775-4
定价：48.00元

前　言

在这个精神仓皇的时代，世间读闲书者尤多，但潜心于小说者似乎已少了。九幽探赜，浮白梦笔，无论图书世界的流变怎样生灭，写小说都始终是我最痛入骨髓的愿望和本能。这就像所有的孩子在童年时都喜欢听鬼故事一样。但此故事已非彼故事，当代人所谓"故事"，实乃一切文学之最低级别。文学是语言、细节、抒情、化境与叙事的综合，故事只能算门槛，而且是最低的一道门槛。故事本身也不算是小说。中国人最初所谓"小说"，本来都是寓言或引经据典之言。此物上古可以《山海经》及班固《汉书·艺文志》所列伪书《伊尹说》为源头，后者共载为十五家，凡一千三百八十余篇。而先秦《庄子》所言"寓言十九，重言十七，卮言日出，和以天倪"或"饰小说以干县令"等，当为其祖龙之语。寓言就是伪谈他人之言，重言则是引用他人之语，不过我们早已离那个寓言的时代太远了。重言也大多用在了腐儒之论上。在这个精神仓皇的时代，今日之人，往往喜欢的都是些卮言，也就是每天都在看那些无主见的话。

如宋人王叔之疏"卮言"曰："卮器满即倾，空则仰，随物而变，非执一守故者也。施之于言，而随人从变，已无常主者也。"即说到底，今日之人读书，大多习惯于读人云亦云之书。这实际上并非"小说"的原义。

别人的作品——如畅销书、名著或西方小说——在写什么，我们就读什么。这骨子里是文学的悲哀，也是本有着独立语言思维本能的人的悲哀。

旧时所谓"小说"者，近代多指话本传统。而话本即我们今天所谓的小说吗？当然也不尽然。从齐谐夷坚、六朝志怪、世说新语、唐宋传奇、三言二拍到元明清浩若烟海的笔记，历代与小说有关的称谓多有，如：说俳优、说肥瘦、说药、变文、词话本、讲经文、俗赋、稗官、说参请、参军戏、诨话、新话、野呵小说……具体到说三分、说钻天儿、说某个段子等，乃至宋人孟元老《东京梦华录》以及罗烨《醉翁谈录》里所列举的更细的分类如：五代史、小说、灵怪、烟粉、传奇、公案、朴刀、杆棒、神仙与妖术，至明以后更以短制笔记为其滥觞，如胡应麟在《少室山房笔丛》中，甚至将杂录、丛谈、辩订与箴规等都列为小说家之流派，最后连家训都算进去了，可以说不胜枚举，范围远远超过了我们今日小说的概念。当然，此类翔实分野，自鲁迅《中国小说史略》、胡士莹《话本小说概论》、傅惜华《六朝志怪之存逸》至当代学者栾保群先生《扪虱谈鬼录》等书，多有记述，此不赘言。

总之，按照这样的精神，中国小说始终都是在鬼话、哲思、读书笔记、摆龙门阵、旁门左道与宗教神学之间游弋，绝非只是一头只能栖息在"故事"门槛上的怪兽。

中国小说甚至远不仅是文学，更多是杂学、绝学和玄学。最起码也应是对某些奇迹和诡秘事物的记录或猜想。

古人小说，最初也曾简称为"说话"，如果粗鄙一些，即是口头随便所言，一切真假优劣概不负责；如果细腻地记录下来，便是所谓"话本"。古代文人也并没有我们想象的那么迂腐和固执，他们始终是活跃的、悠闲的和跳脱的。即便是求仕途者，他们白天会在衙门里办公，晚上回到家中也是要入后花园，饮酒落花，琴棋书画或者听人讲（写）故事的。他们从来就是在白天追求"有"，夜里寻觅"无"。他们始终都在现实与鬼神之间徘徊，以消解权力带来的压力。仕途失意者就更是如此了。写小说的人，在中国古代的地位不高，但在民间写小说却是一种生活方式。同样一个人，可以白天读经，晚上听书。可以当官，也可以信教。说话说得严谨了，便可入子部；说得轻松了，便可入说部。官修为史，在野为稗，其本质不过是一枚硬币的两面。落笔之后，若写得详细了，可以是政论演绎；简单了，便可以是几则道听途说的笔记。

可大可小，无内无外，真真假假，稗史一体。真正中国式的小说，实际上早已是类书（如古代百科全书）的概念。

拉拉杂杂扯了这么多，我的目的自然不是梳理汉语小说之渊源，而是想说清本书写作的初衷，即我们如何接续绵延千年的志怪文学传统。

除了写小说本身的激情之外，无论这种文学的称谓是笔记还是话本，是历史演义传奇还是魔幻鬼怪故事，经过了20世纪的大历史变局、白话文运动、文化断层与西方翻译文学的冲击之后，传统的笔记体小说如何才能进入现代性？是否需要进入现代性？以及它如何能与我们今天现代汉语小说写作接上这口气？这些或许才是我这本书关心的问题。

可什么又是所谓的"现代性"呢？这就微妙了。

中国文学的现代性就像"诗无达诂"或"社会转型期"一样，很难被标准化，因为它还在演变之中。

面对如 H.G. 威尔斯、凡尔纳、劳伦斯·斯特恩、贝克特、博尔赫斯、卡彭铁尔、卡夫卡、马尔克斯、拉什迪、卡尔维诺、冯内古特、霍桑或托马斯·品钦的那些炫目庞杂的西方幻想作品，中国读者往往为之惊叹。即便是波拉尼奥、米洛拉德·帕维奇或阿西莫夫之流，哪怕是动物农庄、火星人、时间机器、阿斯图里亚斯的玉米或爱伦·坡时代的黑猫和乌鸦，从波德莱尔的火箭到布拉德伯里的火蜥蜴，从霍夫曼博士的古怪阁楼到安吉拉·卡特的欲望机器，甚至安部公房、小泉八云、京极夏彦或寺岛良安(《和汉三才图会》)所收集的"百物语"式妖魔,象征主义时期的邪神教义或后现代的蒸汽朋克,都足以让中国读者倾倒,从而完全把幻想力的冠冕送给了西方,但这并不能让我们服气。因为类似的语言或寓言,在我们的古籍里早已是铺天盖地的普遍现象,只不过是我们自己忘掉了。

记得晚清浙江戏曲家、花信楼主人洪炳文(1848—1918),曾第一个写下过几本"近代中国第一批科幻小说",如《月球游》《电球戏》等,但实际上这种说法只是建立在西方科学之概念上。中国人自己的幻想图书馆,自古就建立在一切古籍之中,无须任何新的坐标来定义。如计算出圆周率、千里船、定时器和指南车的祖冲之,本来就是一个写过《述异记》的小说家;如《梦溪笔谈》或《本草纲目》里很多记载,本就是一种医学或物理幻想,是巫术的文学化体现(上古巫医同源);如晚清政论思想家王韬(天南遁叟),游历西方,办报办书院,本为吾国中西交流史上第一位翻译《新约》并同时将四书五经译为英文的学者,但其本色却是一位写出了《遁窟谰言》与《淞隐漫录》等类聊斋之小说家,亦颇有六朝之风。再如俞樾那样的经学古文训诂大家,也会嗜好写上一部《右台仙馆笔记》,以为茶余饭后消遣之资。仅笼统而言,能从李约瑟《中国古代科学技术史》中挪用出来,演绎写出玄念小说的各类原始资料,奇闻怪事,可谓是不计其数(本书中有几则便是)。

更不用提那些布满仙踪鬼迹的历代文人之"太平广记"与"萤窗异草"了。

以山海搜神为祖，以枕中之记，古镜之照，槐树之国，西阳杂俎为宗，乃至一切湖海新闻、云斋广录、夜雨秋灯、雪窗谈异……历代雄踞奇幻之士，自诩为殷芸干宝、裴铏雪涛者众多，岂独淄博蒲留仙一人哉？博学不让张华，奇诡堪比刘斧之人，爱鬼且法张南庄，玄怪愿做牛僧孺之流，从来就不计其数。自青史、拾遗之道听，至醉茶、耳食之途说，我们有太多的异史氏，在密集的语言意象中飞行。宣室独异，阅微草堂，冤魂唼影，情史稽神，幽怪诗谈，那一度被批判为"旧小说之糟粕"者，实为汉语幻想力之精粹。而且，正像敦煌小说与佛经文学（如《启颜录》《冥报记》《道明还魂记》）或如在中国孺妇皆知的《梦花馆主白蛇传前后集》等，很多都是从梵文译本中吸收资料一样，当基督教思想进入中国后，真正有见识的小说家也绝非完全保守的。如清人张潮在《虞初新志》卷十九中就收录了时为康熙帝师的比利时传教士南怀仁（Ferdinand Verbiest）所写的一篇描写西洋的奇塔、铜人、雕塑、高台、祠庙、船舶与斗兽场等之笔记体小说《七奇图说》。可见，古人不会排斥任何好的、舶来的有趣幻想，志怪小说本身是能融中西语境于一体的烘炉。

况且，在汉语的幻想中，海内十洲之事皆如"梦厂"（俞蛟），人类的此身此在，本身也是处于生死虚无之间的，又岂能为中西文化之差异所局限?

　　曾有一个批评家,讽刺当代中国大部分小说家的身份都属于"前农民"。他这话并无歧视的意思,是指中国小说家的视野未能真正进入现代性——其实也就等于从未能真正进入古典性。文学即人性与语言性的综合体现。文学的现代性,不是科学或政治的现代性。从某种意义上说,文学的现代性是亘古不变的某种东西,是人作为肉眼凡胎,对神性、异域性和荒谬性的追求。它适应于远古,也会适应于被物化的当代。文学的现代性并不一定非要在资本制度生活中和电脑里去找,在纯粹虚构的古籍与语言中也能找到。就像我们任何时代读六经,读六朝志怪,都会觉得仍然很美一样,这是"六经注我"和"微言大义"万世不易的魅力。不过,由于对志怪文学的忽略,对古籍那浩瀚的汉语原始森林缺乏转换的能力,当代小说家们在结构、叙事乃至幻想上,往往都下意识地依靠一种舶来的翻译文学的语境,哪怕是在写最本土最魔幻之事时,都常是这样。没有了母语的语境,没有了那些强大的自古以来便不可被直译的文、字与词,任何小说便都只是一种信息而已,它可以是时评,可以有奇特的叙事,可以改编成电影,但绝非真文学。

　　因真文学是不可被改编为任何另外一种艺术形式的。

　　从根本上而言,我并不是一个执着的"神秘主义者"。除了文学艺术中的幻想,我也不太相信任何超自然之事,而且我以为宗教亦并非真正的神秘主义。诠释真正的神秘主义，莫如"神秘的并不是世界究竟是什么样，而是世界竟然就是这样"（路德维希·维特根斯坦）这句至理名言。因造物的奇迹只来自第一推动的奥秘，而不是来自任何宗教传说和故事。如果超自然现象真的存在，那么人类的幻想就失去了意义。如果幻想有意义，那么超自然现象就不应该存在。相对而言，我更尊重人的幻想，因这是我们赖以存在、进步与克制的定海神针。而一切幻想的前提即必须都是假的，是一种"伟大的虚构"。幻想绝对不能变成事实，哪怕是最不可思议的、最荒谬神奇的事实。如一旦画中人走了下来，便无足观了。

　　本书为我近年来效法古人的形式，日知所得各类琐细闻见，耳食狂言、神话鬼事与科学幻想之合集，是一册当代版的"笔记体说话"。我期望这是对我自己在小说写作上做的一点语言反省。也许是对新形式的笨拙探索，但最主要是对汉语志怪传统的致敬。而且，自前年出版《随身卷子》《种菜》与《女史》开始，我始终就希望近期的写作能直接与古代汉语之间，发生一种有机且有趣的联系。文学形式种类繁多，如《随身卷子》是集多年读书之所得、偶然冥想之念头与杂学谱类之综合而成；《种菜》是用戏剧、考证与琴学；《女史》是用诗与注释；而《懒慢抄》则是笔记体志怪小说。但它们共同的背景，都是希望能在现代性上去继承"类书"这个伟大的传统。

一言以蔽之，即"吾兴在以文学开当代祖龙语，而非玄学"。

况且，短篇小说是世上最难写的一种小说，而笔记小说因须极简发力，大巧不工，则又是短篇小说中最难的。在精神仓皇的时代，虽每个人都竭尽全力欲冲决网罗，然而，并非所有语境都能准确表达我们幽恨无涯的生活，更遑论"现代性"。现代性就像"周礼"之古典性，在中国始终是一个遥不可及的理想。恰逢某些时代，常常不许画人，吾便只好画鬼，或也算是一桩趣事。篇名"懒慢"，盖取自晋人嵇叔夜所谓"纵逸来久，情意傲散，简与礼相背，懒与慢相成"（《与山巨源绝交书》）之意。唐人白香山有"同为懒慢园林客，共对萧条雨雪天"（《雪夜小饮赠梦得》）之咏；宋人朱敦儒也有"我是清都山水郎，天教懒慢带疏狂"（《鹧鸪天》）之句。因我实在也是一个懒慢之人，喜欢过足不逾户、读书饮茶无所为的日子。不惑之年，我慢日深，疏狂有余，野心不减，却又因疲于奔命而终究懒得写长。故于高山之下，感慨系之，闲笔杜撰，点到为止罢。

兀突人甲午年于灯下（2014—2015）

目录

Contents

懒
慢
抄

异本搜山图

史上搜山图有两幅。那张荒淫怪诞的"异本二郎搜山图"，非元人所绘。托名李成，实乃明代某浪子画师之作。画中遍布女人体，赤裸如春宫，密集在山林之中，总数有三百余人。此图色相诡异，最奇在女妖们被屠戮时的姿势，即所有那些在搜山中被猛虎、鹰隼、哮天犬、武将、妖魔、火焰、刀枪或箭雨所刺杀的女子，或披头散发，或鲜血淋漓，或仰天哀号，或骨断肠流，但其死亡的惨状却都保持着一种色欲的姿势，因每一女体边都写有文字注明房事之名。此图在民国时，为湘西军阀陈渠珍的门客兼参谋王宪所藏，自称祖传之物。民国二十四年（1935），陈渠珍倒台，王宪在凤凰阵亡，此搜山图便不知所终了。

古怪

1970年夏，徽州水中现一物，椭圆无头，长七尺，宽五尺，遍体生毛，常于池塘或江边昼伏夜出。凡于所浮之处捕的龟、鱼、蟹、虾等，皆有獠牙，命在百岁以上。当地人称此物为"古怪"。

哭

光绪年间，沧州的确有这样一个女孩，生来一直在哭。无论遭遇什么悲喜事，她都只会流泪，包括喜极而泣。因每日无不流泪，开始没人敢娶她。后来娶她的人也离开了她。33 岁那年，她终于泪尽而逝。

敌人村

在西汉元凤年间的西域，离楼兰国戈壁 300 里处，曾有一个敌人村，在那里人与人相互之间都是敌人。有敌人衙门、敌人作坊、敌人办公室、敌人医院和敌人学校，也有敌人俱乐部、敌人父母、敌人夫妻和敌人朋友。整个村子只有两种人，男敌人和女敌人。根本不存在不是敌人的人。后来，从戈壁的邻村来了个人，他对大家说："我没有敌人。"于是他很快就被赶出去了。数日后，大家发现他死在一条回家的林荫小道上。

大头镇

民国二十一年（1932）间，川西金沙江畔饿殍遍野。某镇盛产一种烈性花椒，家家必食。若大量食后，浑身脏器如酒后麻醉，可长期无饿、痛、病之感。因其民皆头大如斗，冬不着帽，雨不撑伞，故名大头镇。传闻大饥荒时期，此镇亦未死一人。

城疮

蜀中泸州弥陀镇，1952 年时，有贩夫名韩登，因卖盐为生，常来往于盐碱地，腿上生大疮。初时以为坏疽，因服药无用。但其疮扩至一拳后，经年不见再变大，亦不缩小，只是不断生出层层干痂来。日久天长，其痂密度也日渐复杂。细看时，若密集的微型城墙、城垛与角楼，上有街道纵横，沟壑深浅相连。疮顶处有一发红的小丘，盘旋如螺蛳，形状也极类似弥陀镇外的那座荒山。镇上有人在韩登偶尔挽起裤腿时见过，大呼奇特。五年后，群众"大跃进"，移山填河修水坝。山尽时，韩登亦腿疮发作而死。

镁光灯照相

皖南宣城斜街照相馆，自 1956 年到 1959 年间，发生过多起刑事案件，相继有六个人曾在此拍照后的当天，死于非命。这一系列案至今未能破获。警方唯一的线索是：所有死者都拍过两次照。因他们皆在拍第一张照片时曾因镁光灯的闪光太亮而闭了一下眼，不得已，便又重新拍了一张。

断掌

断掌（通贯手）打人最疼，所谓"男儿断掌千斤两，女子断掌过房养"，是民间耳熟能详的谚语。但 1981 年，衢州少女孙喜，在集市遭某地痞调戏。孙一怒之下，以断掌之左手随意扇了对方一耳光，地痞竟当场倒地身亡。死因为头骨粉碎与重度脑震荡。

电影

先秦时期有一种箭，被称为"电影"，后来则是指一面旗。（事见《六韬·虎韬》）而中国史上第一部电影为《定军山》，巧合的是：黄忠乃神箭手也。

眼球

庚子年间，有人从广州运送荔枝好几筐，剥皮后堆满在大街上，对人言：这都是被西洋传教士所挖的中国人之眼球。

注：事见《庚子记事》，因北方人少见荔枝。此与唐人段成式《酉阳杂俎》中那个用上千人眼堆积成山的"毕院"有异曲同工之妙。

尺蠖行者

黔南乡野有奇人，遭火灾，四肢俱废，亲友皆亡。不得已，以胸腹与膝盖伏地，一弯一曲学尺蠖行。久而久之，浑身筋肉弹性大增，脊椎柔韧，常人即便奔跑也追赶不上他了。

推车鬼

唐人有一篇传奇名《推车鬼》（本出《法苑珠林》，在《太平广记》卷三百一九作"周临贺"），写周某遇到一枯瘦美貌女鬼，被人唤去"推雷车"（雷公之女？）之事。因遇到之后，当夜便雷雨大作。此幻事与《周易·睽》之中"见豕负涂，载鬼一车"之语境颇近似。正如明人程登吉所云:"妄诞之言,载鬼一车;高明之家,鬼瞰其室。"

流氓的磷火

1983年夏天,吴越少年虞过犯了花案。因当时获"流氓罪"者极易被重判,惶恐之下便南下福建,重金雇用蛇头,亡命驾船浮于海,企图偷偷去台湾。谁知漂流至离岸230里处,他们遇到一座庞大的礁石。礁石上植物繁茂,方圆约一平方公里,类似孤岛。礁石最高处中央有一块凹陷地,大概是礁石漂移前期,被海浪反复拍打之后形成的。凹陷处约一头卧牛大小,布满斑驳的窟窿和残痕,状若古朴的石臼。蛇头们将虞过骗上岛,忽然告知:其实并无什么偷渡渠道,当假蛇头只是为赚取钱财,然后便驾船弃之而去。无奈之下,虞过便孤身留在岛上,望着船消失在海平线上。虞过独自在礁石上靠捕鱼虾蚌蟹为生,数月后饥寒而死。死前,他就以礁中小凹地为穴,自己爬了进去,并以枯枝败叶自我掩盖。两年后,有琉球巡海船只路过深海,遭遇风暴迷失了方向。一个水手远远望见礁石上有光亮燃烧,误以为航标灯,并以此幸运地找到了航线。抵达陆地后,有渔民告知,那礁石上从来没有航标灯,应是"流氓通缉犯"虞过尸体腐烂后的磷火。后来,琉球船夫们有感于虞过意外的冥恩,便再登礁石,寻其残骸祭祀。又在礁顶石臼上立了一块碑,谓之"虞石"。但是,福建沿海一带的渔民则谐称之为"流氓石"。

肉墙

光绪二年秋，南粤惠州大雨。雨后，城外某老墙龟裂，墙体苔藓间忽生皮肉，砖缝、墙头与角落也长出黑色鬃毛来。墙壁四周散发出类似生猪肉的气味。附近农人极厌恶此墙，用刀与锄头砍墙，见隐隐有血丝渗出。惠州县令闻听，觉此事不吉，便命差役带人连夜拆毁了肉墙。但墙内空无一物，墙体也随即化为泥土。唯那股奇怪的肉味，三日不散。

狮

古时中国本无狮（龙子狻猊），或以"犬生二子为狮"。而清代天津卫人，如见有晚霞蔽日，烈焰飞散于山林，便称那漫天的狂云为"狮子"。

拓跋的角

民国十七年（1928），山西大同城（古名云中郡）郊外平地上生出一物，状若大犀牛角，水桶粗细，坚硬如铁，高六尺。附近孩童，常常围绕着它玩耍嬉闹，或骑在上面当木马。有好事者怪而挖之，见其根须盘绕如人参。唯晋中一位堪舆先生，指着大角下的土地云："此为东晋时，代国昭成帝拓跋什翼犍被其子拓跋寔君所弑杀后，曾经洒泪之处。"

钉子（一）

20世纪60年代初，京城某人蒙冤，自杀时用砖头将一根铁钉子对准头顶囟门楔了进去。他死后遗体焚烧前，钉子被取出，放到了仓库。数日后，两个仓库管理员因所属派系不同，其中一人在争吵中，用这根钉子意外扎死了对方，钉子被遗弃在现场。又过一月，这钉子被某职工家的一个男孩捡到，带回家中。孩子见此钉子长约半尺，类似小匕首，便始终随身携带，当防身武器来用。他将钉子磨得锃亮，钉子尖也磨得更尖，藏于裤兜内。在打架时，孩子用它出其不意地扎死扎伤过七八个人。最后一次，他还残酷地将对方的手钉在了墙上，令那些胆敢与他对抗的人直看得发抖。但有一天清晨，男孩醒来，却发现钉子不见了。他摸遍全身衣裤，翻箱倒柜，都找不到那根钉子。他焦急无比，为此还与父母不断发生口角冲突，最后离家出走。其实钉子是被他父亲藏起来了。父亲见儿子经常在外寻衅滋事，便没收了家中一切他可能用的凶器，并从他的衣兜搜出钉子。为了藏得没有痕迹，父亲索性把钉子钉在了一把椅子的木腿上。他生气地使劲砸钉子，让钉帽深陷于木头中，再刷上油漆，根本看不见了。多年后，父亲死去，孩子长大，大家也早就忘了那根钉子的事。破旧的木椅子被收旧货的人拖走，拆散，椅子腿当柴烧掉。烧之前，钉子已露了一点头，于是被烧火的人用钳子拔出来，扔到大街上。钉子已弯曲，锈迹斑驳，没人会在意。直到数日后，一个过路的老头俯身把它捡起来。老头是在大街上替人理发的。他见钉子还很结实，便把钉子敲直后，又楔进路边的一棵枯死的树杈上。他在钉子上挂了一面刮脸剃头用的镜子。镜子里出现了着每个客人的脸和世界。钉子虽然无知，但钉子永远不会消失。

钉子（二）

据说东晋时，顾恺之（字长康）曾喜一女子，画女子像，挂于壁，然后"当心钉之。女患心痛，告于长康，拔去钉，乃愈"。（事见《搜神记》佚文与唐张彦远《历代名画记》卷五）。而20世纪70年代在四川乐山乡下，有木匠名戴红字，所遇的一枚钉子更厉害：戴将那钉子钉于房梁，则其妻头疼；钉于桌椅，则其妻腰疼；钉于门框，则其妻口内生疮；钉于木柱，则其妻腿足痉挛。且除此钉外，其他钉子皆平安无事。起初，戴也不知病从何来，是一善看阳宅之人偶然告知。戴将信将疑，后拔出钉子，投之于青衣江中，其妻便从此再未生病。

红皮箱

儿时在蜀，曾见一个从南洋归国老者，提红皮箱。箱内何物，秘不示人。红皮箱经年搁置在大衣柜顶上，外挂铜锁，布满灰尘。老者去世时，几个儿女分家产，但遵照遗嘱红皮箱也不能分，而是随老者一起送入火葬场。箱中之物与遗体一起化为骨灰，唯剩那把南洋铜锁未能烧干净，在火中炼成黑红的一团，状若焦炭。越二年，有南洋老妇人来访，儿女们便拿出老人的骨灰来给她看，老妇人将手摸进骨灰，泪流满面。她摸到了那铜锁残片，急忙取出来看。这时，所有人都看见她的脸：先从悲伤转为疑虑，然后又转为惊恐，她目不转睛地盯着那团丑陋的焦炭，忽然凄惨地大叫一声，倒地死去。

梦胆

常州一友人姓涂，30 岁后体弱多梦，且每夜所梦皆有连续性。如前日若梦见坐车经过一处车站，第二日晚间入梦时，梦中便仍是在那个车站。即便是梦见坠崖惊醒，第二日入梦时也仍躺在悬崖下。但他从不害怕。无论是梦见血腥、灾祸、追杀或死亡，他也从未曾觉得是噩梦。数年中，涂脑后长有一肉疣，大小色泽皆似葡萄，柔软碧绿。有相面者告知：这不是普通肉疣，古人称此物为"梦胆"，生此物者多幻梦而无畏惧。

森蚺骨塔

1912 年冬，有人从巴西带回一座折叠白塔，高二十余尺，立于庭院中央。白塔有一百二十余层，每一层皆可单独抽出，也可折叠如册页。塔中可点上清油灯，代替石灯。子夜观之，百火如柱，幽雅辉耀，通体透明。人还可进入塔中端坐，纵横四五人，仍宽敞有余。问此物，乃亚马孙森蚺（Eunectes murinus），即美洲巨蟒之脊椎骨也。

梅甲

　　民国内战时，南京园丁孟吴擅养蜡梅。一日剪梅时，孟忽然发现有一根枝头末梢竟长出了类似人的指甲来。起初他不太在意，奈何指甲越长越长，甲尖逐渐卷曲。不得已，孟以剪刀将其剪去。但第二日，指甲又重新长了出来。厌烦之下，孟索性将那根枝条整个砍掉。此事逾数日，屋内蜡梅尽死。

虎奸

　　清同治年间，河南商丘有江湖郎中兜售假虎鞭，以麋鹿瘦肉、牛鞭或羔羊皮腌制。后郎中携妻进山采药时，被一猛虎扑食。奇怪的是，郎中尸骨被猛虎撕咬得七零八落，而其妻遗体却完整尚存。验尸官发现，郎中死时曾被猛虎所奸，因其阴道布满擦伤，还残存虎毛与虎精。伤痕显然乃雄虎所致，因唯有虎鞭上长有突起的颗粒小倒刺。

灯痕

　　南陵有灯，以猛犸骨制。点燃后极亮，可令蓬荜生辉。而熄灭后，光则会留在四壁或地上，如涂白霜，多日不散。

时人谓之"灯痕"。

喉谱

晚清吴人陈三嘶,著有《喉谱》一书,遍收天下名士优伶、虎啸龙吟、花鸟虫鱼乃至风雨雷电之声,以象声叠字写之,如写鸟则啾啾、咕咕、嗡嗡、喳喳等;写兽则吼、啸、嘶、咆等;写八音鬼唱则悠悠、惜惜、绵绵、泠泠等;写风吹雨打则沙沙、淅淅、嗖嗖、哗哗等,不一而足。谱中集声二千余条,且叠字形容无一重复,表现出大块噫气,万物发声的各种差异。可惜,此书于1927年战乱间佚失。

布中人

二十世纪四五十年代北京流行阴丹蓝布(Indanthrene)。宣武区(北京市原辖区,现属西城区)有仇姓者,一日买了几尺蓝布回家,欲裁素袍一件。打开布后,忽见其褶皱隆起,隐隐有女人形,五官四肢齐备,乳房处甚至触之绵软。仇大惊,忙以剪刀裁之,人形旋即消失。

懒王二种

明末时,漕溪遗民薛钝,终日吃喝睡皆躺在床上,世称"懒王"。另,欧洲中世纪法兰克墨洛温王朝(481—751)时期的国王,因不问政事而又残暴,也叫"懒王"。

花蛟

山阴某茶人，姓顾，一日坐林中烹茶，与友人共饮。顾兴之所至，便摘溪边一花，投入茶水中。但见涟漪泛起，花香四溢。接着，便觉手中茶杯越来越重，直至最后如有千斤，不觉失手摔落在地。花瓣与茶盏碎片四下飞溅，泥土被砸得绽开一个大坑，并激起身边溪水恶浪澎湃，猛烈的旋风将岸边茶器尽毁，顾与友人惊恐奔逃。约半个时辰后，水方退去。后人告知，顾等所见应为"花蛟"，此物常隐迹藏身，眠于野花之中，遇茶则醒。

一九八五年的鳍

1985 年秋，邯郸艺人卢牧效西方蒸汽朋克（Steampunk）之法，以废旧机器零件、金属材料、蓄电池与收购来的车用防震气囊等物，制成活动机械鲤鱼一条，头尾长约三米，鳍长二尺。卢将鲤鱼放于邯郸郊外一大池塘，并称此作品叫"放生"。他发动电鱼鳍，大鱼便在池塘中游起来。或因此鱼震动波浪翻滚，惊动了水中其他鱼虾蛇蟹，竟群起而攻之。但电鱼鳍的边缘极锋利，靠近者全都被划伤致死。卢某"放生"一日，则令死鱼浮满塘面。数日后有艺术品投资商闻听此事，前往邯郸寻卢牧，欲用重金买机械鲤鱼。至其家，则见卢牧在修破损的鱼鳍时，因鱼鳍漏电而死。

黑绳潮信

清初，南海番禺獦獠人用一根黑绳，绵延数里埋于地下，听涨潮消息。黑绳一头伸入岸边海水中，绳身在土里掩盖，穿山过石，另一头直达獦獠长老屋内。绳头系蝴蝶结。每当海上潮起时，獦獠长老便能见绳头颤抖。附耳听之，黑绳中隐隐有涛声，如人呐喊，于是便令獦獠村民迅速搬离，待退潮时再回来。而且，黑绳似有生命，故三年一换。黑绳"死时"如长蛇所蜕之皮，变成干枯的白色。

雨蹄

南粤古谚云"雨水有蹄"。不过，雨蹄较马蹄小得多，落地之坑如豌豆大。据《明遗丛考类略》记载，甲申年某日大雨后，雨蹄不但践踏了庄稼，且有十余人被当场踩死。死者的头上与身上都留下了奇怪的肉坑，就像雨打沙滩后留下的痕迹。

磨牙客栈

1993年冬，济南瓷器贩子王湛，携货数箱，夜宿德州某客栈。凌晨，闻听屋顶上有怪声交错，如老虎磨牙，整个房屋都因之摩擦震动。王湛心烦不能寐，开窗向上空怒斥之，只见一庞然大物浑身雪白，投门而去。屋檐、门楣及房瓦上皆有大齿印。天亮后，王检查货物，发现箱中瓷器已被磨牙声震裂十之六七。

脐橙

淮南人郭思年逾半百，无后。某日得一脐橙，剥开，发现在小果与大果之间有一条纤维管道相连，几与脐带一样。大果呈胎儿状，眉目四肢盘绕果皮内。郭思与家人分而食之。数月后，郭妻怀孕生子，取名郭橙。

伞泪

台州人罗迪，偶得东瀛油纸伞一把，送与女友。晴日间，女友见伞上自动有水渗出，如人流泪。罗迪将伞取回，则泪止。再送仍流泪。

断头笛

旧时法场斩首犯人，靠立竿见影来观"午时三刻"。所谓"顾视日影"，就是把一根竿子立在法场中央，代替日晷。竿为竹竿。曾有好事者以重金购得此竿，钻孔为笛。吹之，可令人肝胆俱裂。时人谓之"断头笛"。

纵火录

1947 年，江阴人刘策著《纵火录》，遍收古今纵火之事，自周幽王、阿房宫、圆明园、赤壁、西晋年间洛阳武器库大火、明初建文帝失踪大火案、明末太和殿大火、晚清紫禁城太监纵火、庚子年火烧前门大栅栏、金阁寺、江户时代振袖大火、天明大火至波斯拜火教、艾洛斯特拉特、亚历山大图书馆火灾、1666 年伦敦大火、1728 年哥本哈根大火、火烧莫斯科、1827 年芬兰图尔库大火、1871 年美国芝加哥大火，以及罗马火刑、中世纪宗教裁判所火烧女巫、火葬的起源、火（大）文字、火德真君庙、杭州历史上的 49 场火灾，日本江户年间的 47 场火事等，大小凡一千二百余则，以为火焰之书。可惜淮海战役时，刘策随难民渡江，装手稿的箱子不慎被拥挤的人群碰撞，落入江水中。刘策为救手稿，也急忙跳下江去，但人与箱子旋即被激流冲走，此书自此不传。

独臂还乡

金龄儿，民国时锦州人。她于 1933 年离家南下，说是要去"自由恋爱"。到 1953 年夏天最后一次回来，二十年间，她一共还乡过四次。大约每五年一次。第一次回来，她带着一个男人；第二次回来，她和这个男人带着一个两岁的孩子；第三次回来，男人和孩子都没了，她带着两只骨灰盒；第四次回来，她还失去了一只手，一条腿也瘸了。人都说："金龄儿带回的东西怎么一次比一次少，最后连自己也只剩半个了。"其实大家都没注意，最后那次回来，除了半边肉体，她还带着一个包袱。包袱里是什么无人知晓。不过金龄儿无论吃饭睡觉，或是出门上街，此包袱她都始终挂在肩上，从不离身。当年冬天，金龄儿在家中厨房自缢身亡，死后十天才被邻居发现。她到死都背着那个包袱。桌上还留有一纸遗嘱："请将我与包袱埋在一起。"人们好奇地打开那个包袱，发现里面用几层粗布密封的东西，竟是她那条断掉的胳膊。年深月久，胳膊已经干如腊肉，僵硬发黑。不同之处在于，这只死去之手的手掌紧紧握成一个拳头，仿佛手心里狠狠地抓着什么东西。是一块石头、一枚戒指，还是一个什么可怕的证据呢？无法猜测。拳头攥得太紧了，骨节也鼓起很大。为金龄儿收尸的人，怎么都掰不开那些几乎凝固的手指。有人想用铁锤砸烂那曾经粉嫩的拳头，但因怜悯她的遭遇，大家最后还是作罢。于是，金龄儿便和她那紧握拳头的断臂一起下葬了。拳头中死命握着的奥秘，也从未能揭开。

罗圈腿

蚌埠人李旭，自幼缺衣少食，患罗圈腿。一日在山中小径行走，觉两腿间有物环绕，如猫抱膝，在裤裆下来回穿梭。俯身察看时，却又什么也没有。

美国

民国时，人犯被枪决前被一张纸条救命之事多有，然一般都是行刑者接到上司公文或首长手谕之类。南京飞贼薛丁，1942 年被捕。薛从小学过障眼之术，临刑前，对狱警说他有一纸遗书要写。拿到纸笔后，薛以狂草疾书"美国"二字，递给狱警。奇怪的是，狱警见字后大惊失色，浑身发抖，立刻下令放人。事后狱警追悔莫及，也无法解释当时为何因这两个字冲动，只是望着纸条发呆。薛丁自此不知所终。

长舌

道光年间，保定人曹新舌长一尺，可自舔其额脸。

游击队员（一）

1952 年夏天，拉丁美洲玻利维亚内战时，有一个本来家住市区的游击队员名安东尼亚·唐·舍路托。他在过河时，偶然发现自己竟能站在一根水草上，不下沉，在别的水草上则不行。他摘下了那根水草，夜里潜回自己城里的家中。他将水草放在浴缸里，自己站上去，也能不下沉。为此，他坐在浴缸边琢磨了一夜。他忘记了第二天有很重要的战斗任务。山里的战士们到处都找不到舍路托，便只好行军离开了。而舍路托呢，他从此就再也没有离开家，过着白天外出工作，夜晚回家便站在浴缸的水草上思考的生活。他认为用后半生来解开这根水草之谜，要远比革命重要得多。

游击队员（二）

越南有善占卜者，名阮册，20 世纪 60 年代参加游击队抗美。美军每次空袭时，都会被他预见到，提前躲入原始丛林。

他的占法是：在深夜子时，上山捉一只斑斓的蝴蝶，然后细数蝴蝶翅膀上的花眼。单数即有空袭，双数则无空袭。数完后，放飞蝴蝶。蝴蝶飞去的方向，即是敌人飞机来的方向。此法屡试不爽，越人谓之"蝴蝶占"。

游击队员（三）

满洲国时期，游击队员许登为躲避搜捕与扫荡，住在一棵树上。饥寒冻饿间，只能捉树洞间的蚂蚁为食。为此，他不断捣毁各种蚂蚁的宫殿。当他发现所有的窝内，肥胖的蚁后都被兵蚁们团团围绕时，忽然对战争有所悟，下树挂枪而去。

黄冰

家鹅本起源于鸿雁，雁性烈。蜀地之白鹅尤其性凶，爱咬人。有人甚至用鹅守夜，看家护院，并给鹅取名号。其敏感警觉，几乎与狗相似。在大足乡下，有一鹅名"黄冰"，凶猛异常，曾为主人咬断过窃贼的脚踝。黄冰的女主人为地主唐某家的孤女，体弱而貌美，平时爱照镜子。故黄冰也常从镜子中偷窥女主人。1952年，唐家女儿死于怪病。次日，黄冰大摇大摆地走进闺房，冲着镜子自照良久。然后，它忽然生气地用硬嘴壳将镜子拱到地上，摔得粉碎。旋即冲出家门，向池塘中飞奔而去。黄冰从此再也没有回家。数日后，有村童说，在地主女儿的墓前，见有一白衣黄面男子，整夜跪地哭泣，天亮方去。如此连续多日，夜夜山中能听见凄惨的哭声。有村民怀疑是与地主家有关系的特务，组织人搜捕，但一无所得，唯墓地前发现有几片鹅毛而已。是年冬，村里池塘还结了冰，其色玄黄。

旧手表

1987 年，冀中有人得一块旧机械手表，其时针顺行，分针逆行，秒针则来回横行。有时三针重叠在一个时间点上，若戴上，则令人顿感头晕恶心。两年后，一个孩子因好奇戴上了它。但手表似乎太老了，三针渐渐聚集为一后，便在孩子的手腕上死去。

火烧

庚子年间，有人在北京永定门外卖一种烤面饼，吆喝此物为"火烧，火烧"。不日，义和团民抵京，放火烧房千余座，酿成大乱。据说这就是北人常食火烧之来源。

雉尾癖

东瀛四国，有恶癖者甚多。某株式会社社长名野尻间泽者，嗜好收集女子阴毛，常以重金购买。每一根阴毛皆用小水晶盒装起来，状若琥珀。盒上还写有该女子姓名、年龄与职业等各种信息，内藏该女子写真一张。日久月深，集成二千余盒，如口袋本小书籍一样排列在书房里，蔚为壮观。野尻为此还编有一套书，详述其多年采集阴毛的事迹，以及与那些女子认识交往的细节。他读到过古书内有"相下阴部"者云："汉高祖后吕雉，阴毛长一尺八寸，呈金黄色，卷于阴上。"野尻深为此事感到惊讶和羡慕，故恶癖之书后取雅名为"雉尾记"，限量在地下发行。

鸭舌帽

郑州陶器匠汪醒，常年喜欢戴一顶灰色毛栗鸭舌帽出行。隆冬某日，汪在树下，闻树上有两个人在激烈争吵，隐隐还有刀剑碰撞之声。抬头看时，此树枯枝稀疏，并无一人。再细听，觉得说话之人似就在头顶鸭舌帽中，接着猛然觉得头皮间一阵刺痛。汪忙将帽子揭下来察看，见帽中也无人，只有一股热汗气蒸腾。他诧异地摸了摸头发，发现头发竟然已乱七八糟。在百会穴左半寸处，不知被何物划破，顷刻，血流满鬓。

信杀

赣州邮递员沈福喜，每日骑自行车送信数百封。1985年，在投递信件途中，忽觉邮包内有异味。沈忙打开邮包翻查，见信堆中有一封外地航空信，竟渗出汩汩血来，污染了其他很多信件。血模糊了信封上的地址、人名，发出恶臭的气息。

沈将自行车靠在路边，将信放在太阳下试图风干。血味招来成群的苍蝇，信封则在烈日下迅速呈现腐烂的花纹。沈不得已，将信封撕开，希望能保住其中信瓤。信瓤是用一张麻黄信笺所写，也已被染红了一半。这时，一辆军用吉普车突然从街拐角急速驶来。沈竟躲闪不及，当即被车撞倒，血从口中溢出，气绝身亡。吉普车扬长而去。邮包中的信件飞散得到处都是。沈的鲜血与那封怪信的血混在了一起。这期间有很多的车路过，但都因怕麻烦而未停下。当交警闻讯赶到时，那一页血泊中的信笺，已在无数车轮的碾压下化为了一团猩红的纸浆，不知所云。而案发后，经法医验血证明，现场的血都是沈福喜一人之血，并无其他血型。

臀妖

20世纪50年代初，荆州乡下有地主童养媳名袁筠，年轻时曾以美臀诱数人通奸，事发后为村民所嫉。后被集体批斗，将袁捆绑于树鞭挞其屁股，称其为"臀妖"。

盗汗

川中缙云山制药人郑桃，若闻百里内谁家有年轻女子多发盗汗，便会星夜赶去，以免费开养生之药为交换，收购其汗装入瓶中。据说，郑善以此汗和各类草石配制壮阳汤，年老肾虚或阳痿患者，饮之立愈。

皮蛋

清末洛阳举人卢晓得，某日切开一枚皮蛋欲食，见蛋黄漆黑，如临深渊。探头以照，渊中还倒映出他的脸与身体来。卢大惊，弃蛋于地，立即被所养之家犬一口吞掉。次日，家犬忽然病故。邻家有善兽医者，在检查犬尸时诧异道："奇怪，此狗从未出卢举人之门，但腹内与脑中皆积水，像是从高处投河淹死的。"

夜飞之痣

不丹丛林有"炼痣者"，其痣在胸，入夜则飞出门外，四处盲目游荡，至凌晨方回。痣之大者如拳，小者如豆。且痣以色不同，脾性也不同。炼痣者云："红痣夜飞杀人，黑痣夜飞救人，棕痣夜飞欺人；唯蓝痣夜飞，必是与孤身熟睡之女子行淫事。"

棍

1973年春，在阿富汗喀布尔南山中，有一位黑羊王朝苏丹的后裔盲人死去，其平时所用之导盲棍靠墙一年，无人使用。某日，其棍忽然弯曲起来，棍下生根须，棍上则长枝，开花三次。而另一位传承黑羊王朝占卜法的盲人则摸着棍子弯曲的方向道："那边是苏联，他们将会入侵阿富汗三次。"后果然如是。

注：黑羊王朝，本为中世纪土库曼人，在今伊朗北部所

建立的伊斯兰教什叶派王朝，时间为 1375—1468 年。"黑羊"为突厥语意译，因其旗帜上绘有黑羊图案。该王朝一共有五个苏丹，后被另一支土库曼人，即信奉伊斯兰教逊尼派的白羊王朝所灭。

静帝张德渔

世间有显皇帝，有隐皇帝。显皇帝自嬴政至袁世凯，包括历代大小诸侯国割据称帝者和农民荡寇称帝者，名载于史的共 989 人，而隐皇帝则有 12053 人，散见于各朝代，分管流水落花、山林呼啸、风影雨泪与怪梦之国——即与一切现世政权无关之人与事，故有缘得见者极少。江苏盐城西 130 里处，有"静帝张德渔衣冠冢"，据说始建于前清道光二年，不知何人所修。张德渔者，本盐城肉肆屠户出身，因有感于天下一切血肉之躯，总是终生不得安宁，遂发誓要收集世间一切静气，安抚众生。张先以半生屠猪宰牛所积蓄之财，购得大宅院一座，名"静廷"。搜罗民间描绘静好山水花鸟之画，遍藏宅中。后又得一镇江野道士指点，谓之"静气有形，其形在听"。即好的耳朵便是能收集静的容器。张闻言后，如梦方醒，立刻在民间网罗耳聪之人，以为门客。凡善听风、听雨、听云、听树者，善听远方溪流奔腾消息、花开凋谢万籁俱寂者，或能闻隔墙琴断之乐师、能闻方圆数里外虫鸣草长之异人，乃至能晓游鱼、雾霭或哑巴之语的江湖术士，能辨孤坟幽魂、空谷足音的在野匹夫等，张都会请到宅中相聚，常年供其衣食宴请，令他们采纳一切静气。为此，张制有雕花檀木锦盒数百只，专门储存各类静气，如幽静、寂静、山静、肃静、文静、火静、处子静、菩萨静、鬼静、心静、梦静或死静等。储存之法，是每当有一种静气出现，便请听静之人俯耳于锦盒内，待静气一至，迅速关上锦盒，令不外泄。再请野道士念咒画符，贴在锦盒上，封存于深宅之内。据知情人云，最远之气，可于张的书斋内直听百千里外宁静的海。最近之气，则院内蟋蟀与蚂蚁的角斗，后宅妻妾或丫鬟们呼吸之声，皆能藏之。入道之人，皆称那些采纳静气的门客为"静官"，与此有关的仆役、家眷或联络者为"静人"，称张德渔则为"静帝"。静帝对其官执行"聋法"，即若有静官或静人冒犯了静帝，张便会命人刺聋其耳，赶出静廷。在当时，民间敢自称帝者，乃满门抄斩之罪。张为掩饰自己的嗜好，命家丁提前宣布自己已病故，家设灵堂，葬其木偶像于盐城西郊。其墓实为张的衣冠冢而已。而张德渔与众多静官一起，隐身于草民生活之中，终其天年，亦无有识者。不过静廷只传了二世，道光二十年时因鸦片战争爆发而亡。在世时，张从不曾跟与静廷无关之人，谈及自己这个秘密的隐形权力。故对每天在市场上穿梭的凡夫俗子而言，那个满脸横肉每日拿着菜刀吆喝的张德渔，不过就是一个割肉剁骨的屠夫罢了。

霞脂

暹罗西南有山，其名染岳。其山遇晚霞斜照时，霞光会挂在峭壁上，令岩披金带，如染胭脂，至寅时方散。染岳人称为"霞脂"。

头疼与门神

据说，古代摩尔人如果患头疼，便会去打倒一头山羊，这样头疼就转移到山羊身上去了。（见弗雷泽《金枝》第55章）但我知道一个陕西人，姓曲，他患头疼时，则是去撕门板上贴的门神秦琼与尉迟敬德的画像。画像渐渐撕干净时，曲的头疼便会渐渐缓解。然后他再去买一对新的门神画像贴上，以备下次患病时用。

字

兖州南90里处，野山崖间石刻一字：左弓右十，上山下走。字大如半山之亭，字边有鹰巢穴居。此字究竟是何意，至今无人识。

懒扎衣

懒扎衣本起源于明代戚继光《拳经》第一式，因明人衣长，演武之前，须卷起衣服下摆扎于腰间，以表示临战泰然自若的样子，故名。后此式被清人陈王庭收入太极拳老架中，繁衍于杨、吴、武、孙等各家。清末有靳姓者，练拳入迷。一日，在"懒扎衣"时，忽觉长衫下摆似有一只胳膊在抓他的手，阻拦其力。向后扎衣，身后似也有一只胳膊在阻拦他的动作。靳大恐，忙脱下长衫。因拳诀有云："有人若无人，无人人打影。"但长衫脱下后，阻拦他的胳膊便消失了。而一旦穿上长衫，练至"懒扎衣"一式，下摆胳膊便又出现，且只感其力，不见其形。靳自此只着短衣，再未穿过长衫。

铁皮

　　长崎有人，核爆后其皮如白铁，遇水则生锈，受伤不流血，死后蛆虫不食。若与人斗殴打架，受其拳脚伤者必患破伤风。

白发旗

　　清咸丰时，黔中苗民起义时有旗，以历代族中有地位之王后、义母、长老之妻或令人尊敬的老妇人之白发编织而成。此旗雪白如丝，有风逆动，无风则自动，所向披靡。

嫩翅

　　邯郸人肖学昭夜梦行山中，在树下拾得生肉一块，呈三角形。肉上有绒毛，粉红透明，如初生鹰雏的嫩翅。肖将肉块带回家中，放桌上。其肉昼夜扑腾，渐变大，翼若吊扇，搞得屋里满地羽毛。肖索性骑上翅膀，撞开窗户飞出去，扶摇而上青天。飞出数里，肖忽觉腹中饥饿，便抓翅膀上的肉吃。肉虽多，却淡而无味，便蘸一蘸身边横飞的晚霞和乌云，充当酱油。若吃得渴了，便仰起头来饮雨。待吃到翅根时，那嫩翅似忽觉剧痛，凌空横飞乱撞，将山顶撞裂一角。震荡中，肖自高空坠下，于是骤然梦醒。环顾四周，万籁俱寂，唯桌上放着晚餐时啃剩下的鸡翅。次日起床，见窗外院落中散落有破砖瓦片。责问仆人，仆人云："昨夜暴雨，有怪鸟忽降，人面，四足，只一翼。击碎屋角而去。"

闪电

1979 年，危地马拉农妇莱姆斯晾衣服时，天将欲雨。一道闪电击下，那光竟挂在了晾衣绳上。光的头与尾抽搐不断，如惊蛇绕藤，扭曲缠绵，露出光牙，发出嘶哑的叫声。农妇怕引火烧身，拉断绳子，光才得以逃脱，缩回天空。云收雨散后，但见晾衣绳下满地都是黄色的光斑，如湿衣服滴水之迹，一个多月后才渐渐消失。

兵鬼

柬埔寨东南与越南交界处，在 1978 年春夏之交，夜间常见有两人，站土上，一人拿枪射杀另一人。被射杀者死后又爬起来，再拿枪射杀前者。如此反复不断。天亮后，所站土上有混乱的脚印，但从无尸首。边境人称之为"兵鬼"。

缩恋

昭和八年，本州人草间鳟月与他的恋人船越美境在神田川投河自尽，双双殉情。警方搜查草间的居所时，发现一册叫"缩恋"的厚档案簿，大八开，牛皮封面，有一百多页。其中每一页都用塑料或锡箔纸镶嵌着来自同一女子人体各部位一小片标本，每片大小在 1 毫米到 3 厘米不等。这些标本包括如头发、指甲、皮肤、睫毛、鼻毛、腋毛、眉毛、牙齿、眼球组织、乳房组织、耳膜、一截指骨、舌头上的味蕾、嘴唇、血（血型）、内脏组织（包括五脏六腑）、血管切片、膝盖骨切片、阴毛、汗毛、唾液、胰腺、尿、粪便、呕吐物、荷尔蒙、卵巢、卵子、胆汁、胃酸等等，总之凡此女人体所有的东西，都被取下或搜集一小片，准确地固定在页面上，并在空白处注明其所属部位、性质和功能。档案簿据说是草间为其中学时初恋的女友盐川鹿隐子的遗体建立的。盐川于昭和元年，在镰仓海边因游泳不慎，死于溺水。草间为她的死几乎痛不欲生，几次也欲寻短见。后来，盐川的父母在他的百般恳求下，为了安慰他的痛苦，同意他在盐川火化前，取下她的一束头发作为纪念。但草间却以重金，请人体解剖的法医夜入停尸房，从盐川的遗体各部位取下一小片来。再以古法风干，用药水浸泡后，做成了这本档案簿。警方透露，草间在认识后来的恋人船越美境之前，八年中，每日都与此档案簿同吃同睡，过着颓废而绝望的日子。船越为了挽救草间的悲观，也不遗余力地努力过，但最终还是失败了，不得不与他一起投河。

缸

泰安有大石缸，口阔五尺，其缸底可通东海。何以验之？若砸破，水立刻流尽，则与普通石缸无异。以此石缸养鲤鱼，陷入土中 12 年，若鲤鱼不死，石缸处便会化为一口井。在井中打水的人曾见有一海龟浮现。

十元币

1965 年版十元人民币，俗称"大团结"。夔门货郎王长资于 1984 年偶得一张，觉其面上图案中本为十人，却似少了一人，即最远处隐约模糊的女子。以验钞机检查，也并非伪币。王视作罕见的错版货币，价值甚高，大喜，遂装裱留作纪念。数日后，夔门大雨，有戴斗笠女子夜投王家避雨，天明乃去。临走前，留下纸币一打，纸条一张，云："自出世以来，便四处漂泊。红劫长难，盗心窃影。今得君家园，不再受颠沛之苦，薄资以谢避雨之情。"王再看十元币，背景女子已现。

刺胎

1994 年，保定女子雷梦鸿怀孕临产前，上街散步，却意外被劫。贼怕被她认出，当胸刺了雷一刀。但刀陷入肋骨与胸腔中，如入胶泥，立刻被吸住，拔不出来了。贼弃刀逃走。

雷在惊吓中临产，被路人抬到医院抢救。医生取刀时，见其胸前被刺血窟窿深不可测，内有一物，状似小儿手，紧紧抓住刀锋。刀取出后，小儿手旋即消失在血肉模糊之中。雷因失血过多而亡。胎儿降生时，两手心有血痕。后以刀柄上的指纹捕得凶手。

香魆

20世纪30年代，太原盐商李茂拜关公时，燃粗香一根。烧到半截，见烟雾中有一物，状若黄瘦病马，浑身透明，但无蹄无尾。李茂以为不吉，欲灭香，此物却凌空涕泣，道："君若灭香，我便夭亡。若手下留情，容我袅袅升起，可保李家一线香火。"随后又放声大哭，如鹤鸣九皋。李茂见其哭得可怜，未灭香。后战乱爆发，村人尽遭屠戮，李茂也死于流弹。但李茂之子李檀却因在外贩盐未归，成为村里唯一的幸存者。

阿明与中国（一）

乌干达独裁者伊迪·阿明·达达（Idi Amin Dada，1928—2003）是奥博特属冷吉族人，被称为强人阿明。他曾大肆屠杀冷吉族人。史载某参谋被杀后，阿明命人割下其头，放在冰箱里冷藏了三日。据说他爱吃人头腮帮子下的肉，所以并不看人头的其他地方，吃不完的肉则扔到维多利亚湖里喂了鳄鱼。这件事传到20世纪70年代的香港，有些香港人甚至会用"阿明会来吃了你"来吓唬孩子。一日，阿明梦见有人对他说："要赶走乌干达的中国人，但不可吃他们。否则乌干达的一切权力将付诸东流。"于是乌干达境内的亚洲人都被赶走。1978年，乌干达政权被坦桑尼亚军队推翻后，阿明先逃亡到利比亚，又躲入沙特。晚年的阿明吃完了最后携带的腮帮子肉，花光了最后一笔乌干达的政治资金，终于穷困潦倒，病死于沙特的吉达。他死前，那个被他吃掉了腮帮子的参谋之头，却再次进入了他的梦。阿明这才发现：参谋是个中国人。

阿明与中国（二）

阿拉伯的阿明（Al-Amin，？—813）本为九世纪初阿巴斯王朝的哈里发哈伦·赖世德与原配夫人左拜德之子，被立为王储；同时，他们又立了阿明的同父异母弟弟马蒙（Al-Ma'mun）为第二王储。809年，赖世德死于征途中，阿明即位于巴格达，废马蒙，立长子穆萨为继承人。同年马蒙向阿明宣战。阿拉伯人拥护阿明，波斯人拥护马蒙。813年夏，马蒙攻陷巴格达，阿明被杀。他的灵魂飘过东亚次大陆，随西域文明东渡，进入中国腹地，投胎于河南郑县县令李嗣家中。其家生一子，取名李商隐（813—858），后为唐代诗人。李商隐那些有异端气息的无题诗，皆含有阿拉伯文化因素，其源头在此。

注：李商隐常写的无题诗，本来自阿拉伯古典诗歌中的

"悬诗"传统。如《锦瑟》一诗中的弦与柱，本指阿拉伯韵律学中的联合柱、分离柱、轻弦与重弦等。参阅张思齐《东方文学三大基石论》(广东社会科学杂志，2010 第 05 期)

折叠床

1952 年冬，洛阳周某在南美洲的亲戚给周寄来了一张弹簧折叠铁床，睡觉时人可沦陷于床中，如纸折叠，唯露一头，不见肢体。一年后，周某忽患肌无力症而亡。其床之铁尤新，床体浑身冒油，如一头刚吸食过什么生物精气的野兽。家人以为不吉，1958 年后，将铁床投入土窑炼钢炉中烧毁。

沐鳐

清末，河间府闹市某澡堂大池内，下水道口常年堵塞，换水时都不能漏尽。1927 年重新装修时，于池底发现一物，长约一米，有眼鼻口，体薄如纸，灰褐色，臭不可闻，紧贴于池底地面。见水越来越少，此物惊恐地摆动挣扎，迅速钻入下水道口，不见了踪影。河间有老浴师后来云："此物名'沐鳐'，为洗澡水中之污秽幻化而成，喜热汤，但从不伤人。因其色混浊，唯大池水完全漏尽才能看见。池中注水时，便于池底浑为一体"。

停云

民国十三年（1924），淮南凤台有怪云一朵，孤僻成性，自初夏时起，数月间都停在山中某无名氏墓地上空，静止如一块蓝天上死去的补丁，风吹亦不散。入冬前，有狩猎者在此射雁，不小心朝停云开了一枪，于是它才慢慢地化成了一场雨。

夜行木

昆仑有夜行之树，木本，无叶而有花。此树昨日还在山左，次日则会在山右，随日影与流沙而走。因其最忌月光，故月东出则避之以西。唯无月之夜岿然不动。

折扇四大景

折扇本源于东瀛，由遣唐使传到中国。长安人晁福好收集扇子，于天宝年间得一柄，据说为安土桃山时代巫人所制，名曰"四大景"。此扇打开时如锦绣画屏，斑斓绚丽，扇面上尽绘唐狮子牡丹、凶煞、美人与火焰四种图案。卖扇人云："此折扇若跳舞时扇，牡丹芳香四溢；拜佛时扇，凶煞磨牙有声；夏夜与女子共枕时扇，则画中美人腿间有淫液流出；唯不可在听琴时扇，否则扇中火焰将自燃，恐伤无辜。"但晁福本好琴，与琴待诏薛易简友善。天宝十四年夏，安史之乱爆发，晁夜访于薛，饮酒纵论时事，忘乎所以良久。酒酣，晁求听

34

薛抚琴一曲。薛便以即兴曲消暑。琴至得意处，晁忽觉屋内燥热异常，习惯性地取折扇摇风而听。谁知扇中火焰刹那间便着了起来，其烧如炉，火星飞溅。晁鼓嘴欲吹，但越吹火势却越大，待惊慌地丢扇于地时，火舌已舔掉了一半他的胡须，扇亦全毁矣。清代琴家张椿《鞠田琴谱》中有曲名《四大景》，但只残存"春景"一段，盖写此事乎。

祖坟

温州人童巾，祖坟在浙江温岭乡下，长年不扫墓。1995年夏，坟头上长出了奇怪的黑色头发，如草盖墓。与此同时，童巾则日渐秃顶，其年不过29岁。

敲门（一）

夔州人史魏林，1959年秋父母双亡，遗产只有几箱图书。其中有卷轴绢本旧画一幅，画中以工笔绘苍山烟景寒林，孤山篱笆小院，院前有柴扉一扇，院内无人。无款无印，不知何人所作。史将旧画悬挂于壁。入夜，史闻听有人敲门。开门一看，门外并无一人，唯有秋风肃杀扑面而来。关上门后，风仍不止，自门缝中向屋内猛灌，寒气袭人。史不得不加上了几件衣裤御寒。史以为刚才是冷风敲门，便不在意，用椅子顶上门板，裹上被褥躺下欲睡。忽然又听见敲门声。再听，觉得声音似乎是从墙壁上传来的。史蹑手蹑脚走近墙边，附耳于墙细听，发现敲门声是来自画中那扇小小的柴扉。史自幼胆小怕鬼，慌忙将画卷起来，收入箱中。门外秋风骤停。

敲门（二）

渝州人王三弓，旧时在涪陵农村当知青，住瓦舍。正午常听见有人敲门，开门视之，门外无风、无树枝，亦无小儿扔石头之类事。某日，王为抓恶作剧者，便提前躲在屋后一角守候。至正午，见有一鸟，白首白身白爪，凌空来回飞越。太阳下，当那鸟的巨大黑影每次划过门时，门便会发出一声叩响。王次日以自制弹弓欲击之，石至，其鸟化为白云。

双杠

阿根廷布宜诺斯艾利斯东南卢加诺区，有索尔塔迪贫民窟。贫民窟角落里有一架废弃的双杠，平时有妓女家的孩子常在上面玩耍。某日雨夜，双杠忽然渐渐合拢，如蛇之交配，缠绵盘绕。次日晨，又分开平行如初。

古人鸡

滇南人褚冬生性迂腐，好古无厌。为痴学韩愈，说话写字动辄"古人云"，于是便被人称作为"古人淫"。后来他还效法韩昌黎，在自家用硫黄养起了公鸡，充当壮阳药。食后一月便得急病而死。死后则被人笑作"古人鸡"。

注：因五代时人陶谷《清异录》载："昌黎公愈晚年颇亲脂粉，用硫黄末搅粥饭啖鸡男，不使交，千日烹庖，名火灵库。公间日进一只焉。始亦见功，终致命绝。"

雷虱

琼州多雷阵雨，某日大雨如注，致人屋漏。琼州老人说："若卯时遇漏雨，可以脸盆接水，水满后，能见盆中有蛋，大如鸽卵。食之，能令声若洪钟。其卵名'雷虱'。"

盲肠胡同

明代北京谚语云："有名胡同三千六，无名胡同似牛毛。"其中有一条盲肠胡同，位于阜成门外12里处，因其为死胡同，故名。1910年，南城皮匠刘羽森夜过此处，于尽头的墙上，发现有个窟窿，直径20多厘米，边缘模糊，仅容一头钻过。刘好奇，将头钻过去看，但见墙外乃一原始丛林，其中山川广阔，云蒸霞蔚，朝霞满天，四野有猿鹤鹿鱼等来回穿梭。远处尚有一塔，隐隐有钟声传来，令人心醉。刘惊喜欲用手扒开窟窿边缘，再跻身从中爬过去。但头刚缩一半，墙体忽然抽紧合拢。刘不及抽身，头旋即陷入墙中消失不见，身体则倒在墙下。次日，有人在胡同尽头发现刘的尸体，以为被强人所劫，报告官府。官府令人四处搜查，仍不见其首，只好以无头案搁置。时至20世纪50年代末，北京大肆拆毁城墙和老旧胡同建筑。捣毁盲肠胡同尽头墙壁时，其下早已多年积水，恶臭腐烂了。墙内掘得无名骷髅头颅骨一颗。

青衣

　　济南青衣伍茵茵，17 岁死于先天性心脏病。伍素日练功勤奋，常汗透行头。死后，其青衣上汗渍犹在，挂则滴水，三年不干。

钢笔

　　1985 年冬，泸州少年甘涛因不满监考老师诬陷他作弊，争执激怒下，以一支黑色裸尖钢笔扎入老师左眼窝，血流如注，后导致该老师终身一目失明，并脑神经损伤。甘涛作为少年犯被判劳教。钢笔则作为"准凶器"而被没收，扔进公安局废旧物品仓库里。后清理库存，又做结案废品，被卖入旧货市场。两年后，笔被当地诗人杜冷买走。其时笔已开裂，偶尔漏墨，杜用胶布勉强裹住笔管连接处，照写不误。又两年，杜用此笔写过一句"尖锐的风景刺杀了祖国的眼窝"。在友人间传为佳句。但杜冷完全不知有甘涛之事。后有迷信者云："诗谶多预言笔者后事。此笔以后主自言前事，可谓之反谶。"

李元霸

　　皖南流氓强奸犯李源，身材矮小，绰号"李元霸"。1983

年，他因诱奸村内村外妇女多达二百余人，被判处死刑。后来有人暗访被他诱奸过的几位女子，其中有寡妇、老妪和少女，还有盲女或瘸女等，形形色色。但谈及往事时，除了对李源的怨恨外，众女子还透露过一个细节，即李源外貌尖瘦、干黑、矮小，但因他的两只睾丸甚巨，大小类似鸭梨。又因他常爱听评书"说唐"，尤其崇拜使两柄大锤的李元霸，故以此名自诩。

红鲸

　　韩国济州岛，海边有斜阳名"红鲸"，闰年出没。黄昏起风时，红鲸会横卧于附近礁石。有渔人若捉其腰，红鲸就会自断其尾，缩回海平线，其速快如蜥蜴。而鲸尾则留在礁石上挣扎，独自活到次日凌晨。待旭日初升，红鲸再次浮现，尾与腰又合为一体。

唐·乔曼尼德斯

　　智利军曹唐·乔曼尼德斯善南美占星术。皮诺切特独裁时期，唐靠夜观乾象，预言了五次共产主义武装游击队曼纽尔·罗德里格斯爱国前线（FPMR）对皮诺切特的暗杀行动，其中包括两次汽车炸弹袭击、一次投毒、一次狙击和一次美人计。这些暗杀只导致皮诺切特受了点轻伤，而数名贴身保镖皆身亡。因皮诺切特年轻时，曾积极参与过学术刊物《百鹰》（*Cien águilas*）的编辑，于是唐被皮诺切特秘密地封为他的"鹰官"。1990年春，唐去智利北部的阿塔卡马沙漠，夜晚等待察看南十字星座。因为那里是全球所有占星者最理想的观测地。唐意外发现了皮诺切特政权的定数。他正要返身去告知元首，力挽狂澜，却在离开沙漠时，被一枚凌空而降的陨石砸中脑袋而死。当年，皮诺切特政权宣布倒台。

锁喉

民国初，钦州惯偷夏某，因善开百家锁，夜行官宦富贵之家，如入无人之境，被同行呼为"锁侯"。但有老贼告知："此绰号与锁喉谐音，不吉。"民国九年（1920），夏入一武官家后宅行窃，碰巧武官起夜撒尿。夏被发现，格斗中果然被武官活活掐死。

茶禁

宋时江西僧人有"茶禁"之法，以饮茶禁欲，故名。后经异人发挥，可禁人对色声香味视触等知觉，颠覆其名为"禁茶"。据说饮禁茶三杯，便可在一日内对身边的人与事物置若罔闻。清末时，此法传至东帝汶群岛。当时东帝汶被葡萄牙与荷兰瓜分殖民。东帝汶岛土著，有善茶禁者，以喝剩之茶叶撒于村外路口，当葡、荷殖民者行至此处时，便会对该地视若无睹，仿佛无村无人之野地。东帝汶土俗因茶禁得以幸存。

缝隙

以太虚空中有一道缝隙，口阔三尺，柔软如肉，敢于刺杀寂静者，便可跻身而入，得见异象。战国年间，鬼谷王禅先生因此而悟"抵巇"之理。

红尘

明末时，在杭州出儒入佛，后又改信天主教的监察御史杨廷筠，从利玛窦处得赠其从约旦河边带到天朝的红色鹅卵石一粒，小如鸽子蛋，却重数十斤。据说为中亚古犹太先知与罗马帝国交战时喋血所染之土。杨名之曰"红尘"。

色目人孙权

公元 181 年，已有一百多岁的景教（古代原始基督教之汉译名，非唐代"大秦景教流行碑"之诺斯替教派）耶稣流亡门徒圣多默（St.Thomas，一说为圣巴多罗买 St.Bartholomew）越过巴比伦河印度，最终潜入中国东吴后，与素信神仙的孙坚之妻吴夫人或有染，后生吴主孙权孙仲谋。故野史载孙仲谋"碧眼紫髯"，应为色目人。后有人在中国发现了圣多默铸造的 X 形十字架（西方称这种 X 形十字架为"圣安德烈十字架"）。架上刻了孙权的"赤乌"年号，就是为了表达他对这个混血儿的思念。此 X 形十字架于清光绪十二年在江西出土。

注：此条可参阅拙文《赤乌十字架及圣多默东吴教案考》

（载《七寸》，2011 年）另，吴夫人共为孙坚生下了四儿一女：熹平四年（175）生长子孙策；光和五年（182）生次子孙权；中平元年（184）生三子孙翊；之后又生幼子孙匡（生年不详），以及她还生一女，即嫁给刘备的孙尚香。

海药叉

海参崴外 18 海里处岛上，有猛禽名"海鹈鹕"，大似蒙古金雕，以食鲨鱼为生。海鹈鹕过百岁，其翼化为黑色的大雾，常引船触礁。渔民称此雾为"海药叉"。

摩尼教船主纪魇

汉族地区最后一个摩尼教"船主"纪魇，于 1968 年死于甘肃张掖县的牛棚之中。"船"本为摩尼教的符号和象征之一，代表日、月（明船，Ships of Light），叙利亚文献、科普特文献乃至敦煌汉文献的《波斯教残经》中都有关于船的记载，如白日之舟、黑夜之舟、初人之舟、伟大思想之舟、活火之舟或太阳之舟等。掌握这些舟船的教徒或使者，即被称为"船主"或者"舵手"。如摩尼教文献《下部赞》中有"七及十二船主，并除一切光明众"。这个符号还繁衍到其他宗教中，于是包括基督教《旧约》中开篇之句"神的灵运行在水上"到挪亚方舟、能做水上行的耶稣、鱼肚中的约拿、天方夜谭中的辛巴达航海、道教的八仙过海以及佛教中的法船、慈航、明尊、超度（渡）与彼岸等混为一体，不分彼此。（参见芮传明《摩尼教"船"与"船主"考释》）纪魇本为武夷人，据称纪家为世代信奉元末摩尼教在福建的一个支流。他是长房长孙，故族中人都称他为"船主"或"舵手"。但这在20世纪60年代无疑是危险的，并轻易地便被认为是"企图冒名顶替伟大的舵手毛主席"并且乱搞封建迷信的坏分子，而被群众抓了起来，日夜批斗。纪魇在黑暗的屋子中仍觉得自己代表的是"光明分子"，默默背诵纪家祖传的汉文本《二宗经》。他因被殴打致内出血而死。咽气时，他跪在地上，手指西窗。窗外，一轮红日如镜像正冉冉升起，照在墙上的宣传画上。画上方的领袖头像光芒万丈，下方则绘有一艘革命的航船，正载着各族人民破浪前进。

铁锤墓

"满洲国"亡时，饥民因刨食地瓜，于锦州西30里处掘得一座古墓，内有棺椁，长一丈五，宽六尺。棺木残破腐烂殆尽，其中无尸，唯存放着一柄浑圆铁锤，锈迹斑驳，锤身遍布钢钉狼牙，锤大若宫中水缸。当地人谓："此本博浪沙刺秦猛士沧海公之墓。沧海君被擒后，判菹醢（剁为肉酱），故无尸骨可葬。葬其铁锤，以追英灵。"

起义摆

明末，巴蜀涪陵格物家苏免善扶乩之法，并自制有一摆，即在扶乩笼中，用麻绳悬挂一绣球，状若浑天仪。每当某个方向发生起义暴乱之事，绣球便摆向何方，称"起义摆"。后张献忠屠四川时，苏免被杀，此摆毁于乱军之中。

空碗

荆楚有野游方僧，自称从无法号，俗名孟皮，最喜食兔肉。据说他每年过沙市（今荆州）山中，便以一空碗置林间小道上，碗中注水，守株待兔。当兔至，埋头饮碗中之水时，兔头便会越陷越深，最终全身没入空碗内，落入水中不见。待孟将空碗锅里倒扣时，兔又出矣。当地人都觉得很奇怪，因那空碗比兔子还小很多，怎能装下兔子？民国五年（1916）冬，孟皮孤身一人，在江边圆寂。临终有说偈子云："兔走狐奔，兔死狐悲。但为君故，臣心如追。生性食肉，磨牙为碑。弓藏狗烹，天网恢恢。"时人不知所云。不过孟坐化后，那只空碗却被村中一好事之徒名万仁达者拿走。万也往碗中注上水，坐山林边欲守株待兔，擒而食之。苦守三日，待兔至碗边时，却只是沿着空碗边溜达，临水自照，如怨女观井。盘旋良久，兔竟扬长而去。万大怒，捡起碗来，倒掉水，仔细端详，可碗底什么也没有。万气得将空碗摔到地上，但见陶土碎片四下飞溅，忽化为数百只兔子，向山间星散而去。

宫蚤

民国十二年（1923）夏，溥仪因恨太监纵火盗窃，遣散了紫禁城中残留的太监近千人出宫。令这些人流亡于华北、山东等地。当年秋，北方乡野之牛羊猪马狗，多死于奇怪的虫咬，不过人倒没什么事。德州有博学者告知："此虫应为'宫蚤'，本常驻皇宫之内，靠吸皇帝、太监与嫔妃们之血为生，从未接触过动物。这次或是由遣散的太监们随身衣物所带出，弥漫乡野，第一次喝到了牲畜们浓烈的血腥，故而异常活跃吧。"

瘦隐

1962年大饥荒时，滁州乡下有一老者名胡坤，躺在床上，先是骨瘦如柴，后来甚至连骨骼都折叠不见了，肉身平如被褥。所有人都以为他已死，但等第二年有了些粮食后，他又渐渐出现在床上。村人称其怪事为"瘦隐"。

手枪

在乌拉圭独立战争时期，拉普拉塔河一带的丛林战领袖胡安·安东尼奥·拉瓦列哈所用的一把手枪，在他露营酣睡时，竟被一只盘旋的老鹰意外叼走。一年后，乌拉圭独立。而与胡安较量多年的当地葡萄牙殖民者桑吉内在窗前开枪自杀，他桌上放着的正是那把手枪。

守宫砂敢死队

晚清鄂中怀山之土匪，曾有"守宫砂敢死队"，皆附近村中处女组成。女子们皆提大刀与官兵战，手臂上点有朱砂。战胜者赏男丁一个，战死则朱砂自行消失。

景教地主

1950年浙江瑞安捕杀地主，有一人为清末山东"二毛子"后裔，出身贫农，庚子年间逃至江南。有人告发他曾自称是"地主"。但他争辩道："你们搞错了，此地主非彼地主。上有天主，下有地主。地即尘土。地主，即在我们做弥撒时，引导人们理解天主教箴言'来自尘土，归于尘土'之人。我们这种'地主'只是为天主服务的，并不是剥削劳动人民的那种恶霸地主呀。"但他的申述未被群众接受，后仍作为地主被活埋了。活埋时，有个人曾悄悄对他说："你莫怪我哟，就算我是在成全你归于尘土嘛。"

芦苇传

1989年春，吾友陈影欲写小说《芦苇传》，论述那根奇怪的芦苇的历史。因它在先秦时曾经是《诗经》"蒹葭苍苍，白露为霜"中最著名的一根；后来达摩入东土时，摘下它来一苇渡江；再后来，它的标本则被人带到17世纪的法国，成为帕斯卡尔那根会思想的草。陈影固执地认为这三根芦苇就是同一根芦苇。但它在这之间的三次历史流变，是经过怎样的植物学途径完成的？陈影尚未构思好，便在当年夏天意外地死于脑出血了。我记得，陈死前阅读的最后一本书，是皮兰德娄《已故的帕斯卡尔》（原书为汉译本皮氏剧作与小说集《寻找自我》中的一篇，漓江出版社，1989年）。但正如书中的意大利乡村图书管理员帕斯卡尔与一具水边发现的无名腐烂的尸首被村民混淆，从此失去了身份一样，陈影也完全混淆了法国神学家兼数学家布莱士·帕斯卡尔和皮兰德娄笔下的小说人物马蒂亚·帕斯卡尔的生活。可惜他找来找去，也没在那本书中找到与芦苇有关的事。

气宇

民国初，晋北有一座气庙村，据说前清时村中还有一座真正的庙宇，庙内无神灵、无偶像、无僧人亦无壁画，而是供着一团虚无。后来庙宇被战火毁了，只剩下村落。不过这并不影响气的信仰。村中那些信气的人，被称为"气君"。村子则被他们称为"气宇"。因他们认为，既然气无处不在，那整个宇宙大气层和人的精神气宇，皆可为气庙。他们对气的膜拜、体验、吐纳或思考，则被称为"骑气"。故有无庙宇建筑并不重要，甚至有无这个村落也是无所谓的。据说，直到民国三十（1941）年，有人还在难民中见过流亡到重庆一带的气君。那些人红光满面，印堂发亮，吐气如虹，与之交往则如迎暖风，令人陶然。

罴

《诗·大雅·荡之什》有云"赤豹黄罴"。但青海人鲁宽
1985年曾见一罴，浑身有紫色鬃毛，熊掌则透明如玻璃，体
大若冬川浮冰，在湖上捕鱼而食。鲁与人欲猎之，及近，罴
忽然跳入水中，其掌化为四鳍游走，其速快如海豚。

翟磐陀幻术

唐玄宗八年，西域拜火教教徒翟磐陀在大明宫中表演了
吐火、刺腹、腾空和通灵。但他最让人惊讶的本事是能进入
树中，令人不能分辨人与木。他在殿前的一棵百年银杏树中
待了近三个时辰，只留一头在外，与观者对话。玄宗惊问其
究竟，翟磐陀答曰："木生火，这在汉人的五行学中乃常识，
只是你们不会用罢了。吾教尚火，火本来自木，今我以火身
入树木之中，有如婴儿投入母亲之怀抱般自然，有何异哉。"

注：唐代新疆哈密地方志《沙州伊州地志》残卷中有载：
哈密有祆教庙，该庙教主名翟磐陀，入京朝见皇帝，表演了
神灵附体和利刃穿腹的幻术，唐朝皇帝赐号"游击将军"。

黑暗生物学（一）

伪明人韩襄伦在《夜札》中有载："黑暗者，非夜非影、

为一庞然大物。其有爪、牙与翼，其体味腥臭，如市场之鱼，每日酉时出于昆仑山南四百里之腹地，沿天而飞。其口长约十七丈，身长五十二丈，最喜食熹微之光。每食一口，则天下多一阴雨日。每日以所食微光之多寡不同，则天下阴晴圆缺之日亦不同。因黑暗通体透明，故无人得见。其常往来于州县上空，咀嚼残阳，见者或误以为乌云流霞而忽视也。"

黑暗生物学（二）：

葡萄牙人萨拉马戈曾说："事物在任何独处的时刻，会是另一个模样。"也就是说，所有事物一旦被人或摄影机看见，就变了。与它们自己独处时完全不同。这些事物包括人、树、山水、房屋、书籍以及世界上的一切物质，甚至包括黑暗。如萨拉马戈还打了一个比方："当我们进到一间完全沉浸于深深黑暗的房间，并扭亮灯光时，黑暗便消失无踪。所以，我们应该自问：'黑暗到哪里去了？'这样问并不奇怪。而这个问题只能有一个答案：'黑暗哪儿也没去，它就是光亮的另一面，那神秘的另一面。'"（见萨拉马戈《谎言的年代·另外一面》，中信出版社，2014年）其实萨拉马戈并没有完全研究透彻。据我所知，黑暗是最特殊的一种生物，独立于我们地球上动物、植物与矿物这三大物种之外，所以极难研究。因为它是全宇宙中体积、容积和存在面最大的一种生命体，所以它自然拥有最强大的本性。仰望宇宙，有光的星辰不过是一个一个分散的点，只有黑暗才是浩瀚无边的统一的面。而在我们的地球上，因为大气层的氧化，黑暗还具有了张弛与紧缩的本能。无光时，黑暗是完全放松的，如烟雾一样越散越开，以至于最后完全看不见它。我们在黑暗中并不能看见黑暗，我们所看见的只是自己失去的视力，而黑暗是与视力无关的另一种存在对象。当我们开灯时，黑暗就会在瞬间紧缩，藏入阴影里。因任何物体一旦在光下，都会有阴影。物体越少，黑暗紧缩的浓度或密度就越高。如果你是在一个空无一物的房间，给黑暗突然带来光明，那么，它的紧缩就会变得更加高密度，高到足以进入地面的缝隙、尘土的皱纹里。如果你能磨平那些最细微的缝隙，那么黑暗就会缩入发光源的背后，譬如灯丝底部。哪怕你是在广场上，在空无一人的正午，黑暗也会沿着广场边缘，进入附近的物质阴影中。何况广场上的砖头不可能像玻璃一样没有缝隙和皱纹。黑暗的密度和涨幅都是无限的。也就是说，黑暗与光明的关系，只是一种你涨我缩、我涨你缩的兼容关系。如果光是渐渐离开或来临的，譬如在凌晨和黄昏之时，那么黑暗的涨缩速度就会相应地变快或缓慢。被氧化的黑暗不生、不死、不老也不繁殖，没有重量，但是它却有臭味，且会传染。如果一个地方长期黑暗，那么附近的地方的黑暗就会越来越多。不过，最早发现黑暗生物学的人，不是西方中世纪基督教神学家，不是摩尼教发明的"黑暗分子"，也不是萨拉马戈的顿悟，而是清末淮安的顾奎，在其所撰《苦山剩稿》中曾记载："乙丑年夏，辉县忽生长夜，连接三日皆伸手不见五指，白昼亦黑暗无光。民多沉睡不知天明。后辉县逐渐天亮，而附近州县却皆有染，或长黑半日，或长黑一二日，或长黑三四日，令方圆数十里恶臭扑鼻。人多恐惧，称之为'病夜'。"顾氏此书于辛亥年间佚失。

盆祖

颍川有女名郭琳，骨盆大若衙门前之皮鼓，直径盈三尺。戊戌年间，郭横生一子，重十二斤。其子三月成男，八月生须，十月有精，并与一农妇交，但无后。满一岁时即夭折。村人于其墓碑上刻"盆祖"二字。

摄心机器

据说从疯人院出来后的诗人食指，曾指着屋里的墙对人说："那堵墙的后面，我清清楚楚地知道，那里有一台机器在操纵我。"（见张爽《郭路生画像，〈2002，离开福利院〉》）这与西方精神病研究史上的"摄心机器"现象是相同的。这个词本来自弗洛伊德早期弟子维克托·托斯克1919年的论文，是他第一个在一名叫"娜塔莉亚·A"（Natalija A）的女病人身上，研究出了这种病症。据说娜塔莉亚认定有一伙住在柏林的医生正秘密使用一台电器设备控制她的思想和身体。托斯克提的研究似乎指出了自工业革命后，很多躁郁症精神病患者都会觉得自己被一种先进的机器控制，如暗处的电池、线圈、无线电、X 光、电气设备或者其他机械。一些病人甚至还能精确地绘制出控制操纵自己躯体的那台机器的图纸，就像织布机。而他们与机器之间，只隔着布莱希特戏剧学上的所谓"第四堵墙"。关于此种类似"楚门的世界"式的心理疾病，后来发展为各种文艺作品，包括威尔斯的《时间机器》、卓别林的《摩登时代》、各种蒸汽朋克以及（《骇客帝国》）*Matrix* 等。英国学者麦克·简（Mike Jay）后来还专门写了《摄心机器》（*The Influencing Machine*）一书，阐述其历史。但很多时候，食指也并不能完全被认为患躁郁症，而是真实的。譬如后来因美国情报人员斯诺登所引起全球哗然的"棱镜事件"。墙是真实的，机器也是存在的，只是唯有诗人才能感觉到。如食指言："别人不知道。只有我知道。"

透穴

唐人孙思邈认为人身有"阿是穴"（即无名穴位，也称不定穴、天应穴）无数，且因年纪与身体不同而游移不定，因按之即痛，口喊"阿"声，故名。1938 年，柳州人汪霞因颈椎病看针灸师，师用一针欲自风池穴入，但略偏。针入后脑。汪霞但觉耳聪目明，神清气爽，可透视四墙外故乡十余里，山水如近在咫尺，人畜之声清晰可闻。连原野上一朵花蕊的授粉或飞鸟抖动羽毛之细微，也能明察。拔针后，透视便消失。

汪霞即告，师于后脑边再寻其穴，但怎么也找不到了。

紫蝇

元末时，巴县有紫蝇，大若一拳。其蛆生于上古巴蛇化石之粪，其翅红，其头白，其身紫，其鼻卷曲如象。此蝇约五百年内仅生二三只，喜食棉花。据说见者可冬不着衣，夜不盖被。若意外将其捕杀者，必死于严寒。

鲜卑鳟

鲜卑利亚（西伯利亚）有鳟湖，清初湖中常有大鳟鱼，其肉肥美。问其故，曰："此湖畔为蒙古金帐汗国时斩首人犯之处。湖中鳟鱼喜食蒙古人尸，而蒙古人亦喜食此鳟。两者互食多年。忽必烈时，人丁兴旺，此鳟年年丰收。后蒙古帝国衰落，此鳟也日渐稀少。现已濒临灭绝。"

跳洞

观，本起源于汉代道家在皇宫中夜观乾象（如汉武帝之延寿观）的天文观察台，故后来统称道教寺庙为"道观"。但清末民初时，陕南之西一百余里却有一村，村中有一座道观名坤象观，因其中修道者不是看天上星宿，而是反观地下。道士在观中一片空地打坐时，初时是看泥土占卜，次则挖土观其岩层修炼。自光绪二年春开始，道长们一代又一代，每日在打坐处掘地一尺，并从挖出土壤的色泽、水分、密度以及其中所藏之蚓虫鼠蛇身上，观察与领悟世间疾苦与政权的奥秘。至 20 世纪 60 年代初，其打坐处已向下掘得数千尺，其深远处隐约若有光，状似无底洞。以挖出之土则堆积为一圈高墙，修得房屋若干间。后置"破四旧"，道士们为保名节或为殉教，便依次从此洞跳了进去，不知所终。道观被毁后，有人推墙土掩盖了此洞，坤象观自此不存。后当地村人为纪此事，便称此处为"洞村"。

俯瞰镜

北平地痞刘东升，1927 年冬逛天桥，得一风水宝镜，据说本为西郊某术士屋顶之物。以镜照物，皆如从高山上向下俯瞰之角度一般。刘昼夜把玩，并因此镜一改前非，每日便在镜子中观看事物，好似在凌空飞翔。三年后，刘自由出入于镜内镜外而不自觉，有时一去良久不回。刘家有猫，某日捉鼠时将镜碰倒，摔碎于地。自此，刘亦失踪不见。

赵端世家

民国年间冀北有人名赵端，其家务农为本，世代相传只取这一个名字，已历七世。自鸦片战争以后，村人分不清其远祖、高祖、曾祖、祖父、父亲、儿子或孙子所做之事，故索性皆称为"赵端世家"所为。

听王

太平天国时,曾封王二千七百余人。其中有"听王"陈炳文,安徽庐江或巢县人,五岁丧父,有弟兄三人,小名冬林子。八岁时,陈曾于母亲的纺纱车中听见有人云:"你要做盖天王"。长大后,则靠在澡堂子里为人挑水、茶馆里为人拎壶为生。1853 年,陈在芜湖从太平军造反,其所用兵器为八十斤春秋大刀,为李秀成旧部之副帅(一说为李秀成女婿,一说有两个夫人,无子嗣),官拜"朗天义",作战生猛,屡建奇功。因他自幼听力好,在澡堂打工时,被一衡山异人看中,教会他一种奇能,即能全头全身没入水中,听数里之外的人语说话之声。故在打仗时,陈根本不须飞马探报。每次战前,陈便命士兵准备一大桶水,自己屏气没头潜入桶底水中,听取清军消息。洪秀全称帝后,陈便因此被封为"听王"。李鸿章为了攻克听王,曾亲自带人到老家挖了陈炳文家的祖坟。坟中得一只九耳金龟,李将金龟带走,令人熔化为碎金,赏与士兵充当军饷。自此,陈炳文远听之力也渐失,先是变成一般人的听觉,乃至最后完全变聋,作战屡败。1864 年,江南兵力大势已去。陈炳文败于白鹤港之战,他因失去听力,骑马跑步皆身体歪斜,平衡感极差,落水被擒。擒后对清军将领鲍超说:"只要你别让清军士兵说我的姓名,他们就看不见我,我就可以投降。"鲍超答应了他。后陈果然降清,被清军编为洋枪队三营,南下去攻打太平天国残部侍王李世贤和康王汪海洋等。太平天国灭亡后，陈便解散了自己的部队，隐居去了青阳县，当了个员外。当地人都叫他"聋员外"。聋员外于50岁那年，因耳后长了"九头疽"而死。何为九头疽？古方医案中，疽病分有头与无头两种：据说"有头者幻听，无头者幻视"。

注：此条资料，可参见姜恒雄《太平天国听王陈炳文史迹调查记录》（原载《安徽史学》，1988 年 03 期）

军舰蜃楼

东瀛熊本港海边，昭和十九年间，常有渔民见海上有军舰之蜃楼，浮于波浪上，蔚然如黑色的群岛。舰上隐约船坚炮利，桅杆、雷达与射击之火焰交相辉映，有数十艘之多。每逢台风之前一日，蜃楼便乘风驶来，海上有呐喊之声，不知为何年何月何战之幻影。待有海鸥群飞惊叫时，便烟消云散。

风腹

秦岭西80里处，常有大风行于山涧。风起时，但见空中有大气细口，如伤疤绽开，口中血肉横流，裹挟盘绕着模糊的管道状物，类似绵延不断的肠子，飘浮于林间草丛中。风声鹤唳时，闻之如肚破肠流者惨叫之声。风停，则伤口愈合。秦人谓此气为"风腹"。

纽扣党

纽扣党，也称"扣子党"，起于民国上海。其头领名辛铁，原本为直系军阀吴佩孚手下逃兵。直奉战争时期，辛带着一群厌倦战场的弟兄从尸堆里爬出来，流亡去了上海，并在雨中的城隍庙遇到了日后的"狗头军师"蒋某，两人结为兄弟。蒋本芜湖秀才，善六爻，早年留洋法国，爱穿西服，却又异常熟谙中国民间的那些鸡鸣狗盗之事。无论是与街头地痞斗殴还是与青帮周旋，或是与上海的军政人物交涉，蒋都喜欢用一颗扣子起卦，看扣子之阴阳面而定吉凶，因此每次都能准确地预言危险。蒋军师与辛铁合作后，吸纳了不少弄堂里无所事事的流民、恶棍、骗子与无赖，靠抢劫与诈骗为生，其组织便名为"扣子党"。那颗占卜用的扣子，平时一直被蒋缝在西服外套的袖子上。用时，他便摘下来投一下。用完又缝回去。后来此事被法租界巡捕发现，巡捕派人暗中将其扣子摘掉，又换上了一颗别的纽扣。自此，蒋占卜时便再也不准了。数月后，其组织被徽帮王亚樵的人所灭。辛铁死于巷战，而蒋军师则被巡捕房的人带走，下落不明。1934年冬，有人曾见蒋病死于提篮桥监狱。

拖鞋

湖南长沙人包东雨，夜睡时，其拖鞋中左脚的一只自行至窗前，而右脚那只则仍在床边不动。次日夜，右脚的一只行窗前，左脚那只不动。占梦者问其夜中所梦，包云："只是梦见自己变成了一个瘸子。第一夜右脚瘸，第二夜左脚瘸。"

人中

唐代瓜州有党项异人，口上人中穴深如兔唇，其呼如啸，可令昏厥休克者立醒。

千斤闸

满人程检书，祖上有格鲁吉亚人血统，身大体肥，重三百余斤，绰号"千斤闸"。1989年阴历六月初三，程夜不能寐，闭目养神。俄顷，程但觉身体浮起于半空中，离床近三尺七寸。程吓得想睁眼坐起来，身体却如被束缚，不得动弹。两个多时辰后，坠而惊醒。程以为梦魇，待起视床板，发现已被自己突然落下的重体砸得断裂，始信以为真。

盲点

比利时科学家约瑟夫·普拉多（Joseph Plateau，1801—1883）为了发明"诡盘"（Phen-akistiscope，即最早的西洋镜动画装置和电影运动机械）研究光学原理，于1829年夏，在烈日城中正午时分，竟睁眼对着刺目的太阳正式凝视了25秒钟。结果他目眩眼花，不能辨物，不得不在暗室里休养。这期间，他一直能看见一个圆形的烙印在墙上、在眼膜上、在一切他注视的地方，如太阳的影子。他称之为盲点。除了这个盲点，什么也看不见。于是普拉多干脆就把注意力全集中到盲点上。意外的是，他在盲点中，竟然发现里面充满了比利时荒原上的山水、沼泽地和大海中的旋涡，甚至能看见布鲁塞尔街头的烟雾、上城的查理二世广场上啸聚的民众，甚至还有布鲁日小河边划船的艄公和远征东方的军舰，俨然是一种 19 世纪生活的镜像。他努力想发现更多，便使劲地盯住那灿烂夺目的盲点看，但上帝给他的时间实在太少了。盲点里的景物随着时间一天一天地开始变淡，而盲点周围的现实世界则一点点地再次清晰起来。过了一个多月,普拉多的视力渐渐地又复原了。为了继续盲点研究，十年之后，普拉多决定再次到烈日城中去凝视正午那毒辣辣的太阳。这次，为了让盲点出现的时间更长，他坚持凝视太阳达一分多钟。眼泪流满了普拉多的面颊。他浑身大汗淋漓，头痛欲裂。这是在 1842 年，中国正处于鸦片战争时期。普拉多凝视完太阳后，便迅速回到屋里，准备记录盲点所见，撰写盲点观察日记。但这次他却失败了。那个盲点再也没有出现，他完全失明了。

羊肠小径

　　古巴马埃斯特腊山脉北部，有羊肠小径，类似中国宋代的"盘陀路"。小径边遍布数百座村落，都叫羊肠村。过去，古巴人曾从这里沿着加勒比海向圣地亚哥等处运输雪茄、咖啡、木瓜和女人，但因其道分岔甚多，盘根错节，进出山林者时常迷路。1962年导弹危机（Cuban Missile Crisis）爆发时，有苏联人想从这里进入古巴腹地，安置导弹。而美国也派人到这里来拦截他们"冷战"的劲敌。但是由于大家都如入迷宫，有进不出，根本没有办法进行有效的施工和对外联系。得不到上面的许可和消息，大家又都不敢轻举妄动，所以安置导弹的事和反安置导弹的事便都被搁置下来。潜伏的苏联人和美国人都只好在羊肠小径附近的羊肠村住下，与当地的人一起生活。这样不知不觉过了很多年。待导弹危机完全过去后，古巴人再去寻找他们时，已经分不清他们谁是羊肠村村民，谁是外国人了。而那些导弹呢？大多数已被村民拆毁，做成了铁皮屋或铁皮筏，用于继续运输雪茄、咖啡、木瓜和女人。只有一颗导弹，曾经在一条最复杂的羊肠小径上，因山体滑坡而遗失。三种村民都派了人去寻找，却始终没有找到。所以，对结构复杂的羊肠村村民们来说，危险仍然存在。

波斯光谱学

摩尼教有"波斯光谱学"，曾记载于其失传的《巨人书》中，本为摩尼本人亲自用古叙利亚文所写。光谱学即将人定为"二分九色"，九色即赤橙黄绿青蓝紫肉与赭石，二分即黑白两大元素。每一色，每一元素又分为从浅到深的12种。只有能将九色及其细腻分野旋转起来的领袖，才能看见"光明"。不得不说，若停下，则只能看见分成各种色差的人。不得不说，这与后来 19 世纪 W.H. 渥拉斯顿与 J.von 夫琅和费发现的太阳光谱学、一般意义上的色度学等物理观点有点类似，同时也与后来人发明的社会各阶级论、出身成分论、左中右无限层次论和不断革命论等政治分析不谋而合。所以，古代波斯摩尼教徒曾认为：只有让人互相争战不休，天下才能变成光明分子的天下。但实际情况是，社会无论如何革命，其本质都还是杂乱和黑暗的。因为光明不过是一切杂色的综合和错觉而已。

注：《巨人书》为摩尼教七经之一，也称《大力士经》，现存残片较多，其中有些与古代基督教文献《死海古卷》中的《以诺书》有渊源。

胎记

保定有"痴呆儿"名钱永灯，有胎记生于掌心，硬币大小，形状如岛，呈墨绿色。其智力无常，有时记忆力超人，论辩清晰；有时则懵懂弱智，还不如三岁小儿。后有人发现其掌心胎记与一般胎记不同，常随气候阴晴雨雪而变化。晴天发绿，阴天发红，雨天发黄，下雪时则发黑。钱的智力是因胎记之变化而变化。

淫妇

1968 年，达州有人举报女特务严某，本为新中国成立前一"淫妇"，曾与数百名国民党男子有染。后将美国新式微型发报机置于体内，与境外势力联络。后将严某枪决，剖腹验尸，发现其仍是处女。

羌人的衣柜

三国时，西凉羌族若有人死去，便将其衣柜打开，放在原野上。据说其中的衣物能吸引亡灵回来穿戴，为其招魂。世间传闻蜀汉骠骑将军马超是因长相俊秀，故人称"锦马超"。其实这是误会。马超是因生前酷爱穿绫罗锦衣，即便作战时也不例外，故名。马超世代将门，又是羌汉混血儿，故东汉末期时的羌人一直视马腾、马超父子为天神。马超于 47 岁病死时，羌族人便置其衣柜于凉州城外原野之上，派人日夜守护。直到终于有人于凌晨时分，见其一袭染血的锦袍走出衣柜，自舞于林间空地之上，方才结束了这场祭奠。

枯山水边偈语

东瀛兵库县苦岛寺，有安土桃山时代所修枯山水，名"生潭"，其中礁石、英砂之浪恍然如真，光泽耀目，触之则无水。1995 年阪神大地震前，苦岛寺方丈元照禅师有感，曾于枯山水边静坐三月，每日只箪食瓢饮，为民祈祷，愿以身相赎三千人。某夜大雪，寺中僧人终见元照纵身跳入了生潭之中，竟如投水一般，忽然便不见了。数日后，该寺被大地震所毁。而被元照救赎之人也从不知晓此事。有幸存之僧，曾出示元照临终偈语，云：“无山无水生波浪，有血有肉死一场。借尔三千空砂命，且还老夫真色情。”

猞猁教

猞猁（Felis lynx）即山猫，性喜寒，爱独居，耐饥饿，会装死。在中世纪欧洲，猞猁曾被天主教徒大面积地屠杀，乃至区域性灭绝。杀害猞猁的原因是“它耳后得黑毛是魔鬼的象征”。民国二十一年（1932），儋州有人前往西域淘金，远涉阿富汗，于兴都库什山中挖得集体大坟一座。坟中有小石棺一尊，而棺边有僧人之尸却近百。因密封甚严，僧尸尚未腐化，肉身栩栩如生。尸首皆光头，呈坐姿，双手合十，胸前悬挂念珠，呈圆形环绕于石棺。撬开石棺，棺中只有猞猁一只，皮毛新鲜，状若新亡之猫。儋州人忙于淘金，弃之不顾。数日后再入墓中时，猞猁已不见。儋州人以为异，将石棺运回中国，于家乡修建祠堂，称为“猞猁庙”，称阿富汗墓中僧人为“猞猁教徒”。若家乡有人以装死而自诩高深，则称其为“猞猁子”。

赤卫队

古人称驴为“卫”，因驴最初出于卫国。宋时，有色目土匪骑红驴于西域游荡，以打劫东土商旅为生，敦煌人称之为"赤卫队"。后为西夏李元昊所灭。

长明炉

随州人有火炉，以古墓黏土所制。置一炭于中，火可十数日不封，且熊熊不灭，谓之"长明炉"。十数日后，以其炭灰敷金疮，可立愈无疤。

刃鉴

清初，梓州人崔鹰曾著《刃鉴》，乃详论枪尖、弓箭与刀刃等的锋利之学。然其算法却非指兵器的具体厚薄度，而是测量其锐气与刃气之辐射度。如一尺枪尖，如用锋一寸，尖锐似针者，其锐气则可在二尺三寸外，可令人枪未至而皮先破；刀锋薄如蝉翼，细如蛛丝者，其刃气则在三尺六分外，可令人刀未至而血先流。此书孤本原藏于圆明园汇芳书院，毁于1860年英法联军的大火。

鼋头

琼州半岛往南90海里处，有巨礁凸起于海面，石牙盘错，船过则触。巨礁上遍布数百窟窿，大者十几米，小者几米。据说历代在此所没之沉船，其残骸、人的尸首与货物等，尽数被浪涛卷入窟窿之中。有人欲探其窟，打捞残骸古物，皆有去无回。巨礁退潮时会露出其身，涨潮则没入海中，状若海龟浮游，故船夫谓之"鼋头"。

斩猫宗

明崇祯年间，蓟州西一带寺名"道得寺"，寺边山林常有被丢弃的死野猫。野猫死得太多，几令蓟州一带鼠患猖獗。传闻云：野猫皆为某寺狂禅僧人所杀。该寺为唐代南泉普愿禅师支系，宋时在此落脚。因南泉斩杀猫之前，曾对人云"道得即不斩，道不得即斩"，故该寺僧人自称"道得派"。其寺历代方丈行踪不定，常云游河北，只在年关时现身说法，手段即令门下僧人、尼姑、居士、俗家弟子，甚至檀越等动手杀野猫。据说这是为了让参禅者从血腥中去体会"南泉斩猫"公案的奥义，故当地人又称此派为"斩猫宗"。清军入关后，道得派僧人被尽数屠戮。清顺治年间，蓟州附近的野猫才渐渐多了起来。

金帐汗国兵书

蒙古金帐汗国有一种兵书，写于羊皮卷上，当年蒙古鞑靼人手一册，藏于怀中，名《天军策》，作者不知何许人。该卷中不记任何计谋或兵法，只用蒙古语写着一句话："战士毋庸置疑生死，不用施任何诡计，大刀猛斧一路只管砍头前进，可汗所向披靡。"

电梯之梦

　　入冬，吾夜得一梦：与往昔一音乐友人约好在某楼的第102层见面，商量合作。我坐上该楼电梯后，但觉上升时急速震动，如直插云霄。似乎过了很久，才终于到达102层。但到了之后，却发现友人独自在走廊里，身穿工作服，变成了一个电器修理员，正在细心修补楼层中的各种机器和管道。他告诉我："这楼其实只有21层，现在我们就在21层。他们在电梯里做了手脚，让你因震动觉得好像升到了高空。实际上根本就没有第22层，更何况102层？"我闻言后忙问道："那你在这里干什么呢？"他说："我也是没办法，因为上来了就没法再下去了。"我又问："那电梯只能往上，不能往下吗？"他说："不知道啊。你看，我这不是正在抓紧修理吗？电梯往上和往下，那急速震动都是一样的。我有时怀疑，恐怕连现在这个21层都不存在。我们可能都只是在第10层，第3层，或者仅仅是在第一层而已。我们从来没有离开过地面。但是事情总要搞清楚，唯一的办法就是我得修好这些机器。"说完，他继续埋头修理走廊里的机器。那机器很多，很大，有点像插满电线的操作台。友人的话让我惊恐不已。我急忙返身去按电梯按钮，但电梯门根本不开——直到我的眼睛睁开。

挂

　　濠州西73里有挂山，山上有峭壁，高千仞，直插云霄。

66

壁上有一凹穴处，大如宫中石臼，常年积满雨水，状若悬空之池。有采药人于下雨天时，听见石臼内有喧嚣声，如有人在大池洗澡。采药人顺峭壁攀缘而上，爬入石臼观之，但见一物，肉色绿眼，浑身白毛，水花飞溅时，化为一道瀑布从峭壁边流去。后有先生云，此物名"挂"，见雨而成人形，见人则化为瀑布。

蒸汽记忆法

民国抚州人凌某，自创有一种蒸汽记忆法，即先烧一盆热水。将需要记忆的事物，在纸上绘成图像或写成文字。然后再将纸剪得极细碎，状若粉末，倒入热水之中。水渐烧开，蒸汽缭绕升腾如雾。凌某便坐于水盆边，大口呼吸空中的蒸汽，直到盆中水烧干，所记事物便尽悉于心也。

风水机械学

甲午年，吾友安阳人回松启动了他的风水机械学，常冒着雾霾四处为人看阴阳宅。他认为一扇窗的位置常常是败家破产之源。缺角的房间，会被横飞的白虎吞噬。他尤其发现了这世界的居住都与机器相关：如洗衣机即女主人命运之所在，门前有一条河，而屋内有传真机怎么行呢？疾病必然被它激活。床和空调乃离婚的宫位，摆错了，必发抑郁症，除非挪动一米。暖气片的位置预示着丈夫会出走。走廊外的金属下水道口会让人心肌梗死。电视机、浴缸与炉灶的三角关系，可能会导致一个家庭的破碎，甚至放在楼梯旁的冰箱都会引起突发事故。对他的理论有人表示怀疑，但回松说："扫帚不到，灰尘不跑，谁住谁知道。"

飞毯（一）

三国末期魏将邓艾破蜀时，在马阁山峭壁上发现道路断绝。于是邓艾身先士卒，用毛毡裹住身体从山顶滚下。士兵效法而为，死者十之七八，而余下的将士则攻破了蜀汉。邓艾军队不死者所用之毛毡，后来为唐代稷山道士张邈所得。张将数张毛毡缝合为一毯，大可容十数人。每次须下山进村沽酒买肉时，张邈便先于山巅念口诀，然后独坐毡毯之上，令其毯自飘如翼，便能飞至山下。此事传出后，稷山南的另外三所道观之道士，欲抢此毯，众人合谋杀掉了张邈。待窃得毯后，便一起坐上去，想飞下山。但毯竟不堪重负，飞出一丈后忽然柔软耷拉下来，众道士尽数滚落悬崖而死。

飞毯（二）

2002 年前后，在美国哈佛大学应用数学实验室中，一位名叫拉克斯铭亚南·马哈德温（Lakshminarayanan Mahadevan）的印度籍教授，利用流体力学、伸缩算法等科学原理，结合扁平的鳐鱼式战斗机、滑翔翼、直升机、地方飞行器乃至宇宙飞船等这些人类已经实现的金属"飞毯"，认定飞毯是可行的。问题在于如何将金属换算成丝织品或毛线。最初，马哈德温对飞毯的研究是在水中进行的，即他先计算出船只、人或潜艇在划水时，其幅度、黏稠度和肌肉等的运动因素，得出水中飞毯振幅与振动次数的公式。然后，将丝织品按照这种关系放在水中滑行。为此，他曾信奉中国的道教（因道教有水崇拜，提倡"上善若水"），并常年住在水中。他成功了。接下来，马哈德温只需再把水换算成空气就行了。此公式据说已证实了飞毯的可行性，因为"空气的动力，应该有可能让毯子保持在高处"。后来，教授曾尝试用高分子聚合物、金属薄片来代替丝织物，但失败了。飞毯的材料要随着电信号产生波动，还要有柔软韧性。后来，马哈德温决定用一种涂上了金属衬箔的轻薄纤维织物来做引擎。这种东西被称为"智能聚合物"，可以随着电信号而起伏波动。意外的是，这次居然见效了。当然这只是非常非常小的一块半金属半丝织物的飞毯，只有4厘米长，0.1毫米厚。但它飘浮在空中(任何很轻的东西都可能飘浮在空中)。它每秒振动约10次，振幅约0.25毫米。它上面可以放下一只蚂蚁。如何让这张像纸币一般小的轻薄飞毯，变成能坐下一个人的大毯呢？

飞毯（三）

印度半岛南26里，有农妇晾晒一张从伊朗进口的毛毯时，毛毯忽然为当日海上的台风所刮走。后三日，毛毯竟又从天而降，落回到晾绳之上。

飞毯（四）

所罗门王是《古兰经》中"飞毯"的发明者，本来上面可以坐很多人，甚至所罗门王的整个军队。而飞毯在《一千零一夜》中实与阿拉丁无关，只与一个叫哈桑的王子有关，他被一块奇怪的毛毯绊倒，而这块毯子却可以带他去任何他想去的地方（见《阿赫默德王子和神仙帕瑞般多的故事》）。明初时，飞毯随摩尼教僧团传入中国，化为明教中的"光明蒲团"，一个飞蒲团上只能坐下一个人。据说入明教者，凡能通过打坐冥想进入光明境界之人，身下蒲团便能托着人腾空而起，离地三尺飞行。与此相对的还有"黑暗蒲团"，即在打坐中若有不能入光明境界之人，则身下蒲团会自行陷入地面三尺，将打坐的人埋入土中窒息。元末至正二十五年，自称"吴王"的原皇觉寺和尚兼明教徒朱元璋，试图背叛明教时，其主"小明王"韩林儿曾在所乘坐的船上，放上光明蒲团与黑暗蒲团来诱捕朱。可惜朱当时未能上船。韩林儿久等情急之下，又喝醉了酒，误坐在黑暗蒲团上睡着了。那蒲团渐渐下沉，重得将整艘船都沉入了江中。韩林儿部自此遂亡。

朴刀与大雁

宋熙宁九年（1076）夏，洛阳邵康节先生于"安乐窝"中卧病。采花独酌间，忽见家中墙边有一把朴刀无故向南而倒，而院外有大雁之声自北而来，邵便叹息云："北气南袭，刀卧雁落。50年后，国将亡也"。后北宋果于1127年亡于金。

裤子

1997年冬，抚州大雪时，衙役王珊因尿急起夜，遭遇到一条裤子的袭击。他把腿伸进裤子，却觉得伸到了一个无底洞里，始终伸不到头。在那一刹那间，他觉得整个人都要掉进那条裤子里了。裤腰已经埋过了他的脖子。惊慌中，他忙拔腿出来，提起裤子来看。裤子并无变化。贝克特云："看看这世界，再看看您的裤子。"马雅可夫斯基说："穿裤子的云。"但这些对王珊而言皆无意义。他因此而感冒了，他因此永远地恨上那条裤子。

水洼

光绪四年，衢州大街上雨后现一水洼，宽三余米，状若地图。水洼之水看似很浅，但车过时则沦陷近半，而人踏时则会完全落入水中，竟至溺水不见。大雨数日，连续有六七人掉进水洼，于是引起重视。衙门派人将水洼用栅栏围起来。但不久天晴，水洼渐渐蒸发干净了，地面了然无痕。那些掉进去的人再也没有出现。

册页之风

　　日本战国时代末期，京都浮世绘世家出身的画师上田螈蛉家祖传有一本册页，其中折叠画有八幅仿宋元山水画。前一日拉开后，山水会连成一片，有风从西来，其中所绘草木皆向东而倒。但合上后，风便立刻停止，草木垂然而立。隔日再拉时，风则从东来，草木向西而倒。上田因此爱不释手。1572 年秋"甲斐之虎"武田信玄亲率四万五千大军，进攻京都，与德川家康及织田信长会战于三方原。上田欲降武田，以此册页进献，希望受封。但册页一出京都城，送到武田手中后，画中之风便骤停，画中的草木也永不再飘动了。后武田信玄战败，其部将马场信秀曾回忆说："在战场上，我军在东方，敌军在西方。所有死去士兵的尸体，面朝我军倒下的都是脸朝下，而面向敌军倒下的都是脸朝上。这说明我们的士兵都是向前冲杀而死的，没有一个懦夫。我们虽败犹荣。"上田闻言，却仰天叹道："此非士兵勇敢之风，乃吾祖传册页之风也。"

沉默研究

　　立陶宛人古泽斯卡斯（Kudzinskas）一生致力于研究沉默，其方法是：令被研究者独处一屋中，沉默不语数日。无论有无别人与之对话，都必须闭口不答。然后，古会记下被研究者在沉默期间周围的声音，如在屋内徘徊的脚步声、翻动被褥或书的杂音、梦呓、呼吸、咳嗽或喷嚏之声、吃饭、看电视、听音乐和大小便之声，以及窗外的鸟鸣、远方的车船的汽笛声、风声、雨滴声、大街上人群的喧嚣．如果这期间有女人（或男子）与被研究者交往，他们亲吻或性交时的呻吟声（研究期间只许有行为，不许说话），乃至这几天，以这所屋子为中心的方圆百里内，一切所发生的重要事件、气候特征、路过的人、死亡人数或灾难等，哪怕是最寂静无声或完全无事之时，均详细记录其发生的钟点、分贝和有效时长，最后合成被研究者一整套沉默数据。这样的数据档案，古已收集了271份。奇怪的是，唯独不被记录的，却是被研究者沉默时的心理活动或者脑中所想的语言。古泽斯卡斯曾解释说："沉默从来就是外在的，是一种独立存在的生物，其实根本不受我们内心的控制。一个人不能说话，其本质并非因为没有话说（譬如在沉默期间，他的心里往往已经说了无数的话了），而是因为沉默这只巨大的生物，在某个时刻突然进入了他的磁场和环境，最终导致其无语。关于这个问题，不少人都被误导了。譬如约翰·凯奇的无声音乐作品《4分33秒》，或19世纪末美国作家哈伯德（Hubbard,1856—1915）所著的《沉默随笔》一书，通篇没有一个字，由若干页白纸构成。还有英国足球运动员沙克尔顿的《无字书》，以及劳伦斯·斯特恩伟大的小说《项狄传》中也都曾出现过象征沉默的几页白纸，甚至是黑页。虽然这些'书'靠小聪明而畅销了，但其实它们只显示了沉默的表象，并非实质。只有当我的研究数据出版后，沉默之学才会有新的发现。沉默不是主观者的无语，而是一头有生命的怪物。沉默有生有死，有来有去，因为它是活的。"

星相盆

　　堪舆家李季曾对我言：今人看星相不似古人，因方法全错。古人看星相，从来不仰头观夜空，那样只能脖子疼。真正的古代星相家，是打一盆水，放在高处或院中，然后看盆中各种星宿闪烁的倒影，从而断定人世间的吉凶。因星象的秘密与世界正好相反，如天与地、乾与坤正好相反。盆中水的倒影是反的，故而才能真正观察准确。

绣斧屏风

　　西周时帝王所用之屏风，大八扇，高十二尺，称"斧扆"，其上绣有斧头图案，以示威慑。正如《仪礼》所言："天子设斧依于户牖之间。"据说这种屏风能杜绝窃听。周幽王姬宫湦死时，其斧扆屏风为入侵之犬戎国所得。犬戎人即后来的羌族。而氐羌之始祖，即巴蜀先王蚕丛，故巴蜀人本为犬戎与汉之混血后裔。唐玄宗六年，有蜀人自剑阁出，献残破之斧扆及蜀锦于长安大明宫中，谓幽王之物。玄宗稀罕其古朴，立于卧床边。后有少年太监于此屏风后窃听玄宗与嫔妃论后宫房事，次日竟猝死。

倒提腿

2001年9月，河南地区卖血案频发时，各地建污秽血站无数。有农民少年卖血，失血后头晕目眩，大脑贫血。其父便立刻提着少年的腿，将他头朝下倒挂在胳膊上，令血液立刻下流至少年头部。在猛然充血的刹那间，少年但见四周景物清晰，绚丽如富春山水。山水前立有一裸身少女，长发拖地，面如杜鹃，双乳如春桃，吹气如兰。少年顿觉性欲勃发，下身变得坚硬起来。可当父亲将他身体放正回来后，此情景便瞬间消失不见了。为此，少年后来又连续十几次去卖血。每次卖完血后，把钱交给父亲，然后便让父亲将自己倒提腿，挂在胳膊上，为的只是能不断地见到那个充血景象中的女子，直到他因过度贫血而死。

飞

1900年冬，天津红灯照女子孙颖忽然失踪，几日后方回。父母疑心其女与某男子有私情。急切盘问下，孙才说了实情：她是腾空飞去了俄国，并用法术烧毁了俄国的都城。（事见清人刘孟扬《天津拳匪变乱纪事》）

拐角

旧时北平宣武门城墙外，有一处拐角，呈三角形岔口，分别通向另外两条小路。人从此路过，常会奇怪地拐到自己并非要去的小道上。20世纪50年代拆毁旧城墙，此拐角亦被毁。

脸皮

1950年春，广西梧州地主周寿卿，某日清晨听见有人敲门。来者瘦如大烟鬼，竟从包袱里拿出一张满是皱纹的干枯人皮标本兜售。此标本因年深月久，已经发黑，以细钉缝纫于木匣内。周看见那人皮上隐约还有一些头发，圆如一张完整的人脸，但眼鼻口处只剩下窟窿。更让周惊讶的是，据瘦鬼说，此物为当年上海徽帮（斧头帮）首领、曾与戴笠、胡宗南结拜为兄弟，原驰名上海之名刺客王亚樵（1889—1936）先生的脸皮。王因"左"倾，于1936年被其门徒余立奎之妻余婉君等所出卖，在梧州被特务暗杀。据资料记载：王死前，眼睛曾被撒了石灰，死后则被人完整地割下了面皮，送给戴笠（史实）。但后来，被剥下的面皮在送往重庆的途中，却被梧州西山一带的土匪劫持。面皮从此下落不明。周寿卿久闻王的名声，便以重金购得此面皮，悬挂于后屋祖宅之内，以为辟邪。此后，但凡周宅有事，如亲戚纠纷、火灾水患、粮食紧张、女眷生病、夜入盗贼等，他都会到面皮下去打坐焚香，默默祈祷一夜，每次竟都化险为夷。不过,两年后,周作为梧州的"恶霸地主",被当地村民捆绑于树,活活批斗而死。后屋祖宅与一切私产皆被革命群众瓜分。传闻周被绑走之前,曾取下那张干枯的面皮,让其子周宁带着远走他乡,永远不要再回梧州。于是王的面皮便从此彻底失去了踪影。

远东浪学家

20世纪初,九州学者野泉镜人,因家世代居镰仓海江之岛边,以研究水的现象而驰名乡里。昭和十一年,他曾著有《远东浪学》一书,详述大海中各种浪花激流之速度、深度、直径及不确定规律等,自称"古今浪学第一人"。后此书手稿毁于二战时美军的空袭。但据读过的人回忆,该书大约可分为以下七卷。

一、旋涡:阐述旋涡螺旋时的力学原理,古代绘画中的旋涡图案之渊源来历,以及各种鱼类在涡流下游动时鱼尾的反冲力。每一种都标有具体数字。

二、涟漪:算一切物体落入水面时所荡起的涟漪层的不同数量,据说其具体的水圈数是可以根据落水物(如人、石、木、花、纸等)之不同来计算的。大到海上巨轮破浪时卷起的涟漪,小到用嘴唇吹凉茶水时的波动的涟漪,无一遗漏。

三、深流:计算静水深流时的隐性速度。野泉认为水在完全静止时也有速度。

四、惊涛：详论海中浪涛拍打礁石、船只、沙滩或在台风时期卷起的巨浪，其最大或最小的力量为多少斤，分为多少层次，以及被惊涛袭击之人的震动程度。

五、沸点：水与其他液体如油、醋、血等混合时的不同沸点。

六、骨皮：主要论述中国人为何编撰了宋人苏轼曾云滑字为"水之骨"、波字为"水之皮"之事。因野泉认为这并非因苏轼对王安石关于汉字发明的讽刺，而是有其实际浪学根据的。

七、浪尖：此卷汇编了野泉一生五十余年中，在镰仓海边所收集的所有浪尖。他测量了所发现的冲到岸边的最远的浪尖、跳得最高的浪尖、分叉最多的浪尖以及摔得最粉碎的浪尖，详细记录了它们的长度、海拔、复杂的结构和颗粒数量等，凡一千二百余种，七千多个具体数字。

另有一说法云书本为八卷。传闻在七卷之后，野泉还著有一卷补遗，名《浪人》。但此浪人并非日本幕府时期失去主人的武士，而是指"放浪形骸之人"。在野泉看来，古今一切放浪于色情、政治或山水者（包括无赖、酒鬼和潦倒于草莽的强盗等）的人生阅历，香艳颓废的故事，也都如大海中的波浪一样有其起伏跌宕的规律，或惊涛拍岸而达巅峰，或澎湃落下摔得粉身碎骨。不过，此卷也许没有最终完成，所以他始终秘不示人。直到野泉死于美军的空袭，也没有人真正看到过这最后一卷。

反手

墨西哥人巴德蒙有一种异能：伸手不见手掌，只见手背。翻手时仍是手背。

玛雅历法谋杀案

古危地马拉的玛雅人有三种历法：一种为一年 260 天，叫卓尔金（tzolkin），分为 20 个 13 天的周期；一种为一年 365 天，与当今同行的民用年历一样，叫太阳历（haab），分为 18 个 20 天的周期，再加上一个 5 天的过渡期；还有一种则叫顿（tun），只有 360 天，其他与前一种相同，只是少了 5 天。在公元前 1500 年前后，这三种历法并用。而玛雅人部落之间有时会爆发谋杀案，而凶手则常会选定一个三种历法错开的日子作案。因当时的玛雅酋长有法律规定，被杀害的人必须在三种历法中都是死于同一天，才算是真正的死。否则，被杀害的人就不算是死，即在另外两种历法的日子里是活着的，只是不完全而已。所以凶手也就是无罪的。譬如，在公元前 1537 年的阿蒂特兰湖一带的部落，曾有一个叫伊察纳木的土著连环杀手，他连续在六七年间，选择不同的历法日，杀掉了十几个人，但从未有人来追究他的责任。当然，伊察纳木后来也被仇人杀掉。他死的日子，按照太阳历法算是第 362 天，但按照卓尔金历法这一天不在当年，而应该是第二年的第 102 天，按照顿法则干脆没有这一天。所以，当杀人的人被杀后，也没人会去为他追踪另外的凶手。因为所有的玛雅人都会觉得他还活着。

牛背摩天

在上古，天与地很近，以至于妇女们在舂米时，她们的杵也碰击到了天，而"牛走路时，用它们的背摩擦了天"。中国人要求天上升，天于是才升高到它现在的位置。（这一说法见《马伯乐汉学论著选译》第 423 页书经中的神话一篇，据说是马从别人那里听来的关于白泰族传说。中华书局，2014）

围观者禁忌

南朝蕲州有古谚有云："旁观隔代手断，围观三世跛足。"曾有姓靳者，喜于法场上围观看人犯被杀头，有刑必至。其子、孙及曾孙皆生而跛足。

蚩尤牙骨

南北朝时，冀州人一旦从地下掘出大一点的猛犸骨或大象骨，便说这是蚩尤之骨。如果掘出长过二寸的野兽牙齿，便说是蚩尤之牙。据说他是"人身牛蹄，四目六手"。（见南朝梁人任昉《述异记》）也有人说这是因蚩尤并非一个人，而是"蚩尤兄弟八十一人，并兽身人语，铜头铁额，食沙石子"，所以到处都是他的遗骨。（见宋《太平御览·龙鱼河图》）直到 1923 年，法国古生物学家、考古学家兼神甫桑志华（Emile Licent, 1876—1952）来华，曾攫取过古生物标本数十万件。他进入冀州后，还曾意外挖出过更大的骨头，其长如鲸，方圆近一里，头骨在西北，而脚趾骨则在东南，手大如宅院，牙高如枯树，不知何物之残骸也。

醒道：宣夜派天文奥义（一）

　　东汉蔡邕曾在《方朔上书》中，将古人宇宙观总结为三派，即周髀派（盖天说）、宣夜派与浑天派（杨泉、张衡浑天说）。前后二者都广为人知，毋庸赘述。反正不是说天像个锅盖盖在上面，而大地像个倒扣的碗，两者都有六万多里，便是说天像个鸡蛋，充满了水，而大地则如蛋黄浮在水中。但宣夜派的创始人及思想却都奇怪地失传了。在中国历代典籍中，唯独东汉明帝时的秘书郎兼占星学家郗萌（约 1 世纪末—2 世纪初，著有《春秋灾异》《秦灾异》《霓虹通玄记》，均散佚。后《隋书·天文志》《大唐开元占经》等有零星记载），曾对宣夜派天文体系有一些传承论述，即说"天了无质，高远无极"，以及"日月星象浮生空中，行止皆须气焉"云云。但实际上，宣夜派对宇宙的看法非常复杂，其最主要的成就，不仅在于只有它认为天是无穷无尽的气体，而且主要是由夜晚（即青色）构成的。白天从来就不存在。太阳不过是巨大黑夜里非常渺小的一盏灯罢了。它还认为，天的本质是一阵漫长的烟雾，星辰不过是这烟雾中相对较大的颗粒。从星辰到灰尘，乃至于尘中之尘，就像天外之天一样，都不过是人类的观点而已。因为人类在这黑夜与烟雾的围绕中，只是一个傀儡，基本上没有任何智慧可言。烟雾从没有规律，而黑夜也从没有方位。一切关于七曜（即日、月、金、木、水、火、土各星）穿梭起伏的论点，包括黄道、银河、北极与紫薇等，都是胡说八道。宇宙根本就是无序的。所以妄论万物规律之人，都无异于痴人说梦。如果要说规律，宣夜派认为，浩瀚的太空中只存在一条飘移的通道，这条通道没有头，也没有尾，但是有门。如果人能飞上天，或许有可能从中间直接进入。在颛顼时代，这条通道被称为"醒道"。醒字，古意即指从醉酒中醒来，或指酉时之星辰，即取能在酉时（如黄昏5点—7点）进入此道者，便能看透我们这个世界和宇宙的真相，如梦方醒之意。宣夜派的历代弟子和占星术士，自颛顼时代到明清期间，都曾日夜潜心观察或研究这个醒道。关于天体即烟雾混沌这一看法，无疑超越了另外两派，甚至比西方的托勒密地心说、哥白尼日心说或牛顿万有引力等，都更具有现代天文学的意义。而醒道则类似虫洞（Wormhole，即现代西方天文学中的时空弯曲理论，也称史瓦西半径 $r=2M$，或从白洞到黑洞的隧道。在这里，时间会变成0，距离也会消失）。据说，明人万虎（约16世纪初），便是因为想进入醒道，从而把自己绑在了挂有47支火箭的椅子上，双手握两只巨大的风筝，试图把自己送进太空。当然，他最后在一声巨响中化为灰烬。这是宣夜派弟子最后一次对醒道的探索。到了清代，宣夜派曾被道教房中家所利用，变成了一种色情玄学。有些道士说女子的阴道即醒道，故在爱情或色欲中，或能在酉时性交者，也能窥见宇宙的真相，但是这种说法只是极少部分人的观点。

醒道：宣夜派天文奥义（二）

到民国为止，唯一传承下来的宣夜派玄学成就，即唐人李淳风的理论。因据说他也曾迷恋宣夜派奥义，曾通过打坐，偶然进入过醒道中，并发现其与人间社会的密切关系。李淳风是世界上第一个给风定级的人，早于英国气象学家蒲福（Beaufort，1774—1857）一千多年。因为李知道，醒道在空中是飘移的。如果不能准确地计算醒道被浩然之气，或被真空推动的轨迹，便难以找到它。一般记载认为，李是根据树木受风的影响而带来的变化，发明了地球上八级风力的标准，即动叶，鸣条，摇枝，堕叶，折小枝，折大枝，折木飞砂石，拔大树和根等，并分为 24 个风向。但李其实还发现了"真空之风"。他认为，既然醒道会移动，便说明太空中也是有"风"的。醒道在真空中飘浮不定，犹如一根脐带在子宫羊水之中漂浮不定。而人与宇宙真相的关系，就像胎儿与母体的关系。问题在于，那种真空之风没有质（天了无质），而且始终处于黑暗之中，肉眼看不见。要想找到醒道，就必须找到真空中的大树。看得见树动，才看得见风，从而才能看得见醒道。那么，什么才是真空中的大树呢？李淳风认为，就是各种星辰与天体混乱运行的轨迹。故他写了《乙巳占》，其中大量谈到了星辰之树的运动轨迹，如"有尾迹光为流星，无尾迹者为飞星，至地者为坠星"或"长星状如帚，孛星圆如粉絮"等。星辰无规律运行，这都是因被真空之风所吹动的原因，而醒道则在其中穿越。但进入醒道的真正办法，是静坐，而非上天。因宣夜派认为，天上有一个真空（即宇宙无穷），地上有一个真空（即皇权无穷），人类也有一个真空（即内心无穷）。这三种物理世界是隔绝的，但三种真空之间却是相通的——这是因为宣夜派所言之烟雾、黑夜和无序等概念，其边缘本来就是没有界限的。一切没有界限的事物，从来就能互相之间自由出入。所以，人只有在静坐中，找到内心的无穷，才能进入真空状态，并发现醒道，而不是把自己送到天上去。况且那时想上天也不可能。李淳风曾经独自静坐过数月之久，体会真空之风向和醒道之飘移。正因如此，他后来才能与另一名占星家袁天罡一起，画出《推背图》以预言未来。因为未来的本质就是过眼云烟，是漫漫黑夜，是杂乱无序。

惊椒

委内瑞拉西部产一种辣椒，色惨白，尖如鱼刺。食之能令人忽觉四周景物萧瑟，阴森恐怖，双眼冒血，大汗淋漓，心跳三日不止，故谓之"惊悸"。

清朝的康德

　　光绪年间，辽东义县书生有名康德者，自幼足不逾村，不求功名，嗜读书，通晓星象之学。他因相信"玄学乃一切黑暗与昏乱之母"，而被后来民国人称为"清朝的康德"。而且此辽东的康德与德国十八世纪的思想家、虔信派教徒康德（Kant）还有重合处，即他们都认为"两点之间直线为最短"这一命题是一句谎言。因为点没有大小。直线没有量，只有质。而"最短"这个概念，也纯粹是人为加上的。由此，辽东的康德想到了自己到太阳的距离，或太阳到月亮的距离，都不是直线所能概括的。甚至可以说，两点之间从来就不存在什么直线，更不是最短的。直与曲、长与短，都是人的想象而已。这就好像从家乡义县走到北京，说是有一条路，但此路上必然会有很多拐弯，上下坡或跋山涉水，从不是什么直线。而路长与路短，其实本质上是指的远与近，这完全看行路人的心情而定。心情好时，一路上必然轻快迅速；心情恶劣，则会路漫漫兮永无止境。最关键的是，即便是在出发地，或到了目的地，也从不可能在一个点上。因为土地若有面积，就是面，而不是点。即便是客栈的床或小如鞋底覆盖的地面，也有面积。世间从来就不存在一个完全没有面积的点。既然没有点，又哪里来的两点之间呢？由此，辽东的康德从未想离开义县，因为他认为只有待在一个地方不动，才勉强算是能与整个宇宙混为一体。碰巧的是，德国的伊曼努尔·康德一生也未离开过他的家乡柯尼斯堡（现为俄罗斯加里宁格勒）。或许正因为如此，他写下了《宇宙发展史概论》。可惜直到1919年去世，辽东的康德一生中都没有任何著述，因为他一生都充满了怀疑。以至于他最后认为：从怀疑到相信，也如"两点之间直线为最短"一样，是道伪命题。所以世间的一切都是不值得论述的。

注："两点之间直线为最短"的想法，可参阅康德《纯粹理性批判》导言，37页，蓝公武译本，商务印书馆，1960年。另，1932年末代皇帝爱新觉罗·溥仪在东北建立满洲国时，年号亦称"康德"。

毕达哥拉斯教徒逸闻（一）：豆子

毕达哥拉斯教的禁忌有十五种，第一种即"禁食豆子"。为何豆子不可吃？这是因为在毕达哥拉斯成为其教祖之前，曾有一名弟子在数学游戏上超过了他。当时他们的计算器就是用豆子来代替。那名弟子战胜其师的办法，是在比赛中不时吃掉一颗豆子，致使毕达哥拉斯总是不能准确计算豆子的数量。毕师由此生恨，从此下了禁令。

毕达哥拉斯教徒逸闻（二）：睡衣

毕达哥拉斯教禁忌第十五条云："当你脱下睡衣的时候，要把它卷起，再把身上的印迹摩平。"这是因之前有一名教徒，睡觉前脱下了睡衣，可第二天却发现，他竟死在了自己的睡衣里。于是大家认为，人在睡觉时，灵魂中恶的一部分，会住进睡衣之中。而在毕达哥拉斯看来，恶的特征就是皱褶。故脱下睡衣后，只有将其折叠，再把自己皮肤上那些因睡眠时被睡衣压出的褶皱摩平，恶才能消失。

烧水观音

吾友燕人武权，曾用大铁锅长时间烧一锅开水。待水蒸发干后，锅底水碱呈现出一幅图像，如观音独坐。烧水时，武曾全程录其沸腾之声。后灌制为碟，即名曰《观音》。

丹樱

1939 年时，南京有青楼女子名隋浣影，负八重身份：浣春楼鸨母兼股东、资深秦淮妓女、国民党军统安插在中统的内线、中统妇女救国会核心成员、上海商会会长虞洽卿的干女儿、汪精卫 46 号院特聘女秘书（她通日文、英文、俄文和法文）、浙南青帮头目卢子敬的情人以及中共地下党南京站联络员。十余年间，她依靠互相传递各路不同消息而生存，后被一流亡的白俄嫖客因醉酒杀死于床第之间，东亚间谍界曾称隋为"八重樱"（丹樱）。奇怪的是，那个白俄人在被审讯时说："隋曾是我在西伯利亚的情妇，因我酗酒后经常打她，她便跑到了中国。我是一路寻找跟踪来的。"但大家都知道，隋浣影生于秦淮，长于南京，从未去过西伯利亚。她只是曾经帮一个流浪到南京的北方女子，用俄文往西伯利亚写过一封信。那女子自称来自哈尔滨，不会写字。据说那女子曾参加过一个叫"拉撒路派"的旧俄远东异端基督教组织。而该教派的通灵者，能通过流浪把自己犯过的罪转移到别人身上。

火牙

新疆好友曾某，五月口内生一火牙，疼痛不止。痛到极点时，便产生幻觉，眼前现一团大火焰。火焰中有白房屋一座，一黑须大汉，于屋前以斧劈柴。每劈一次，曾便觉剧痛。直到堆积如山的木柴渐渐劈完，牙痛才消失。

穗

同治一年，浙江温岭人刘宇下海捕鱼，曾于海中见一长穗，其色白，自天而降，长若数里之练，然只见其头，不见其尾。刘驾船飞速靠近，伸手欲抓，穗已缩回天穹矣。

沙之腮

入罗布泊沙漠西120里处，有流沙丘，大若小山。丘下有穴，状似牡蛎，穴中有空气流通，清爽如海风，穴内有泉。此穴会随流沙移动，每日或南移三十余米，或东移五十余米，流沙丘则如巨鲸浮游，从无固定经纬度。据徒步沙漠者云：干渴时若遇此流动之穴，可救一命，其名曰"沙之腮"。

异端（一）

"创世以来只有六千年。"（见罗素《西方哲学史·教父》442页，商务印书馆，1963年）此语大约出自中世纪第一个基督教神学家欧利根（Origenes，185—254）。他还说过"太阳也会犯罪"以及"魔鬼也会得救"等语，因为他曾见过太阳在亚历山大城的大街上活活烤死一个看上去行动正常的自由人。

异端（二）

史上唯亚当一人在第一次性交时，没有产生过色情心，纯属性欲。在射精的瞬间他也只感到了繁殖的本能。但自第二次开始，乃至以后的所有男女都不能将性欲与色情分开了，包括犬儒主义者狄奥根尼等。（参阅圣奥古斯丁《上帝之城》）而有人认为，亚当之所以第一次射精没有产生色情心，乃是因为那是他的梦遗，而非真实的性交，故名"唯他一人"。因圣奥古斯丁没有说明夏娃的反应和参与。

异端（三）

相对于托马斯·阿奎那论恶、圣奥古斯丁二元论、幻影教派（诺斯替教的支流）以及十字军远征等而言，基督教中最异端的说法是"基督并无真人"。此语出自中世纪摩尼教徒的判断，他们主张：耶稣是由处女所生，但"他并无真正的骨和肉，他既不吃，也不喝，既没有死，也没有复活。因为他不是一个真正的人，也没有真正意义上的肉身"。他只不过出自二百年后扫罗等人对罗马时代犹太人反抗暴政的宗教想象。（见吉尔·R.埃文斯《异端简史》，124 页，北京大学出版社，2008 年）

圆形动物

古希腊人认为，世界的全体只是一只看得见的大动物，它里面包罗着其他一切动物，包括神（火）、鸟、鱼、人以及陆地上的各种走兽等。这个大动物是圆形的，就像球。而且它是旋转的，因为圆的运动才是最完美的。正因为旋转是这只动物唯一的运动，所以它不需要手和脚。（参阅柏拉图《蒂迈欧篇》）

血羞

顺治二年末，钱塘闺秀蓝氏，曾用被清兵所杀者之血，混以朱砂、蜀葵、山花及石榴等提炼胭脂，其色绝美妖艳不可言，名曰"血羞"。然用此抹唇面，却无法洗掉。后有妇人因用血羞过多，不得不自破其面唇之皮，流其血，方得卸妆。

雷公奸夫

清末民初某年夏，湖北一奸夫与奸妇密议，得一巧法，在下雷雨时，奸夫装成雷公的怪形（戴面具或化妆？），从屋顶上跳下来，活活地把女子的亲夫打晕并杀掉。此事成功，奸情遂不知所终。（事见章太炎《国学概论》第一节）

马尾悬虱法

孟子云："逢蒙学射于羿，尽羿之道，思天下惟羿为愈己，于是杀羿。"此与汉人后来杜撰的"纪昌学射于飞卫，尽卫之术，计天下之敌己者，一人而已，乃谋杀飞卫"（见伪《列子》）之事雷同。当然，飞卫和纪昌在最后的瞬间握手言和了，并以父子相称。但其实杀师的原因，却并非为争第一，而是因练射箭的方法：即命纪昌用一根马尾，系住一只虱子，悬挂于窗下，每日盯着那虱子看。十多天后，虱子变得大了一些。三年之后，虱子便大若车轮了。百步以外，射起来也很容易。飞卫曾说："这种技术是从我的老师甘蝇那里传来的，历代不变，即只要老师的监督在，此技便不会消失。"要保持这种视力，练习便不能中断。但年深月久以后，练射者的瞳孔也就不能再恢复如初了。在神箭手的眼里，一切小的都会变得很大。

当他再看别的事物时，如那一根马尾已粗若大树，房屋则如高山，窗外的道路则像浩瀚的天空一般。纪昌生活中的所有熟人，无论父母、妻儿还是朋友，身材也都像巨人一般雄伟，庞大，简直有些令人畏惧。百发百中的射术是练成了，但神箭手的心中却充满了巨大的压力，且觉得自己无比渺小，犹如一粒尘土。他走到哪里，都像一只无人关心的蚂蚁一样孤独。因为他太渺小了，没人能看见他。为了给自己过去的生活复仇，为了不再被监督，他才终于起了杀师之心。

赤蛉虫

"紫禁城正一点一点地被赤蛉虫吞噬，消化，排泄，再吞噬。大约数百年后，它将变成另外一座城。虽建筑看去仍依旧，然实际上早已被赤蛉咀嚼过了。"此乃天津异人汤明对我所言。"何为赤蛉虫？"我问，汤明云："古今皇城风中，皆有浮游微生物，通体透明，小若蚯蚓之卵，喜食红砖、汉白玉石及琉璃，人肉眼不见，名叫赤蛉。其所食之物，泄后大致如故，只色泽略旧。再食再泄，直至其色全无。此虫在前清时多如白蚁，难以尽灭。慈禧曾派人以蒙古狼烟熏杀之，当时得虫尸近万具，如细小蝉蜕一般飞散于空中。但辛亥后，此虫又繁殖起来，藏于雕梁画栋缝隙之间，不可胜计也。"

雁祭

　　岭南人无所不食，有人猎得南飞之大雁，便以菜刀杀之。其后菜刀竟凌空自鸣，声若石磬。刀主恐有不祥，弃之于野。三日后，有雁群数十只飞至刀边，舔刃上残血，集体乱鸣不止，声闻于市。人谓之"雁祭"。

上路碗

　　旧时中国，监牢人犯斩首前，皆会吃一碗"上路饭"。盛饭之碗，必有缺口。若无缺口之碗，还会被故意砸出一二缺口来，俗称"上路碗"。颍川人赵某犯花案，秋后问斩。赵与监狱刽子手夏某为发小，有手足之情，但夏也无力营救，两人相拥而泣。夏略通玄学，临刑前，便找来一只完整的好碗为其盛上路饭。待赵吃过之后，夏将碗砸出一个缺口，将残片放入赵手中，说："此物留魂不留命。待我刀落时，兄可将此残片含在口中，或可免上路。"赵半信半疑。不过斩首时他还是将残片含在了口中，遂人头落地。出于朋友情谊和悲痛，夏某将赵某的头缝到尸首上，以全尸安葬了。在安葬之前，他将残片从人头的口中取出，放回到碗的缺口上，并请来手艺高超的陶瓷锔钉师，将残片完美地锔上。一个月后，有人果在市中亲见夏某与赵某同于路边饮酒，相谈甚欢。但问及夏某时，他只笑而不答。而那只锔过的碗，则被夏某十分谨慎地埋在了家中的地下，因任何高处都有可能摔下来吧。据说如果这碗被摔碎的话，那死去的赵某便会真的死去。

李卫公点火镜

　　世间镜像多有：自黄帝铸古铜镜十五面以后（事见唐人王度《古镜记》），那些白日可从太阳中取火的阳燧镜，与夜晚可从月亮中取水的方诸镜（见《周礼》与《淮南子》等）便多闪现于历代记载之中。其他诸如汉人刘歆在《西京杂记》里，记秦宫里那面能照见粉黛内脏与邪心的矩形铜镜，刘安《淮南万毕术》中放在洗澡盆上可以倒映四邻的那面大镜，乃至后来宋人沈括《梦溪笔谈》所研究的凹镜、凸镜与透光镜，《华严金狮子章》中唐代僧人法藏的十面对照镜等，不一而足。但镜子本身是独立的，即便在距离人很远的地方时，它也有它的生命。正如五代道家谭峭《化书》所云"夫百步之外，镜则见人，人不见影"，或隋人陆德明所言"鉴以鉴影，面鉴亦有影，两鉴相鉴，则重影无数"（《经典释文》）。皆是此意。百世之后，无论是曹雪芹《风月宝鉴》、陈森《品花宝鉴》，还是《华严经》中的因陀罗珠光网、西方阿基米德十三种多面体、开普勒多棱镜、默比乌斯万花筒、博尔赫斯诗中的镜子等，也都是想充分试图阐述这一道理。据《新唐书》记载，唐时卫国景武公李靖（571—649），尤其爱随身携带一柄点火镜，在行军打仗时为士兵们在野外取火做饭用，但这并不是它的全部用途。所谓点火镜，或点火透镜，类似后来的玻璃放大镜，是靠阳光下的高温聚焦来引燃火药等物。而李靖所携之点火镜，主要还用于窥视远方敌军的动向。他的办法是，先派人将点火透镜安放在敌军出没或将要出没的地方，譬如树梢的鸟窝里，或者峭壁的缝隙里。敌军走过之后，此镜会记录一切其言谈、行为和方向。待敌军消失后，再派人将点火透镜取回。然后，他在太阳下打坐焚香，将镜面高悬于一张白纸上，不必聚焦，便可看见曾于镜中过往的影像从光线下倒映出来。镜子是无声的，其中若有人说话，李靖便从敌军的口型来判断其语言为何，以此判断敌军的动向、人数和机密。故在公元630年，李靖靠此镜仅带三千骑兵便击灭东突厥时，能深入敌境，攻克定襄，威震北狄。后他在远征吐谷浑时，也是用了此镜秘法，所向披靡。太宗李世民曾问李卫公，此镜缘何来历？李云："此镜本为现扶馀国主，原扬州富商张季龄之子，人称'虬髯客'的张仲坚祖传之物。张南下时，将镜赠予臣之爱妻红拂女张出尘，以为信物。红拂在前隋司空杨素家为侍女时，吾三人本为结拜兄妹。后她虽私奔从我，然我知其曾与虬髯客相识在前，也曾略有私情，常觉有愧于我。得知此镜神通秘法之后，思我大唐用兵时或正需此物，于是她便又从闺中秘匣中取出，转赠于我，以为歉意。"

扑克牌小说

阿根廷作家科塔萨尔早年去巴黎，因与人常打扑克牌，从中悟到一种可折叠交叉的阅读结构，于是写下了《跳房子》——一本可以将任何一章单独抽出来，或插入另外一章去读的长篇小说。之后，科塔萨尔又回到布宜诺斯艾利斯，反对扑克牌、巴黎、资本主义与皮诺切特的独裁，信奉尼加拉瓜的游击战争和桑蒂诺（Sandino, 1893—1934）主义。但他患了白血病，脸上的胡须和皱纹都越来越少。据说他死时，已变成了一个孩子的模样。

异装者墙

在布宜诺斯艾利斯巴勒莫区，在著名的博尔赫斯街尽头的黑暗中，有一堵革命时期专门用于屠杀异装癖者的行刑墙。每年都有一些人，到墙边悼念死者，献上鲜花。但谁也无法从衣着上分清那些拿着花的人是男是女，也无法知道他们追悼的人是男是女。1981年，一个穿花连衣裙的军曹（或是个穿军装的女子，尚无定论）曾站在这里哭泣了一整夜，并用粉笔在墙上写下一行字："我从未想过在此杀害我爱的人，但是我杀了她。为此，我必须从灵魂到肉体都变成她，这样才能让我自己死去，让她活着。"可惜这行字后来被阿根廷夏日的雨水冲掉了，所以也搞不清原文写的是她还是他。

转头癖

朝鲜国人崔宇有怪癖，即总是每隔数分钟，便向左后方转一次头。人问其故，崔云："因常觉得左后方有人向我疾步走过来，待转头看时，又并无人。" 2003 年秋，崔宇意外猝死于出差途中。死时，其头部左后方有一块淤血，不知何物何时所伤。

麻袋

在 20 世纪中叶的土库曼斯坦扎瓦村，有人终生只用一口麻袋生活，即白天用这麻袋装肉、装菜或装新挖的土豆；麻袋里还装着诸如刀子、枪、书籍、伏特加酒与烟草等杂物；如果能将附近村的儿童拐来，他便将其装入麻袋中，扛到遥远的车臣去卖；在平时，夜晚来临后，他则睡在麻袋中，长年不用被褥，因这麻袋透气而不透风，如一个柔软的洞，冬暖夏凉；麻袋人一般都没有家或房屋，独来独往。（偶尔也有结婚的，条件是男女双方都是用麻袋生活。结婚后，他们便将两只麻袋缝在一起，为了能睡在一起。）如果死了，村里人便会将这人连同麻袋一起埋入土中，麻袋即他的棺材，与他在永恒中同生同腐。

地生羊

唐时，古代波斯的土地中能长出一种羔羊，以一根脐带与大地相连。(《新唐书·西域·拂菻传》及《旧唐书》均有载："北邑有羊，生土中，脐属地，割必死。俗介马而走，击鼓以惊之，羔脐绝，即逐水草，不能群。"后来西方人认为这是指棉花，谓之"西徐亚植物羔羊"，非也。）

火星中国人

古叙利亚占星学家巴尔德萨纳斯（Bardesanes 154—222），晚年又反对自己的占星术，成为摩尼教思想最初的源头之一。但他曾说过："在丝国（中国），没有庙宇，没有妓女和荡妇，没有盗贼被囚禁，也没有凶手和被害者。闪烁的火星在穿越子午圈时，无法强使一人杀死另一人。金星在与火星相遇时，也无法强使男子去同别的有夫之妇幽会。每天晚上，在那里都能看见火星。在中国，无论白天或黑夜，没有一个小时没有婴儿出生。"（见李约瑟《中国科学技术史》第一卷，161页，科学出版社，1990年）

毛

民国二十一年（1932）夏，赣州山路有军用吉普车碰撞事故。司机李洄因下山心急，但见前方有庞然大物横过山涧。李急刹车，已来不及。其物若熊，轰然倒地，飞出数米之外。李忙下车察看，见车头被撞裂一大洞，车前却已无人或任何动物尸首。唯地上有数十根脱落之毛，每根长三四尺，粗若铁丝，色金黄，卷曲柔软。后李以此毛绷于弓弩上，力甚韧，可发箭于三百步开外；若迎风弹拨之，其声明亮如筝。

客帝本纪

秦时称用别国之人才为客卿，晚清章炳麟以外族人在中国称王为"客帝"。章于辛亥前曾著《客帝论》，以为变法则可，不必革命；后来反悔，认为汉族必须推翻清朝，故此文收入《訄书》开篇后，改为"客帝匡谬"，以正视听。但"客帝"之论不胫而走。有辽东人名莫子觉者，曾撰《客帝本纪》，将客帝分为三个时期：如中国古时为偶有客帝，如从先秦犬戎与猃狁等到东晋，有些皇帝完全是异族白人，这是肉身时期；辽、金、元、清等，很多皇帝和汉人的肉身已差不多了，但本质还是不太一样，此为混血时期；但自 20 世纪后，入主华夏的皇帝，将为许多看不见的某些精神、借口、主义或思想御国，从此传统的皇帝消失，代之以西方的或新发明的皇权，此为客帝的通灵时期。莫子觉此书后在满洲国时被日本学者掠走，而莫饿死于长春，其学说自此失传。

狂象

唐王维诗云："白法调狂象，玄言问老龙。"(《黎拾遗昕裴秀才迪见过秋夜对雨之作》) 白法，一作正法，即所谓善法。然世间狂象易寻（中国无象），而老龙难觅（世间无龙）。后有人云，此狂象非动物之大象，乃指变幻莫测之卦象；此老龙也非飞天之神龙，乃指即将死去之皇帝（祖龙）。白法者，无为也；玄言者，沉默也。此诗得解。

蜗阴人

晚清淄川有蜗阴男子，身大体肥，面白而手秀。因肚腹赘肉甚厚，男根陷入其中，几乎看不见，如蜗牛缩于壳，状若女阴。胸脯则肉多似双乳。此男常涂胭脂装扮为女子，于路边与过路妇人攀谈搭讪。妇人以为同性而不警觉。待渐熟为友之后，蜗阴者便出入妇人闺中，与之交，忽然露其根，勃起如长龙。后东窗事发，斩于市。

六鹢退飞

周时，有五颗陨石落在了宋国。同月，还有六只水鸟被风刮得只能倒退着从宋国的天空飞过。（参见《公羊春秋·僖公十六年》："霣石于宋，五。是月，六鹢退飞过宋都。"）此事后来入于围棋谱，称一种以六子争夺死角活眼的定式为"六鹢退飞"。传闻云：1971年，近现代东瀛围棋巨匠濑越宪作（1888—1972）曾于此定式中，窥见六件悲惨的事，即广岛原爆将毁掉其双目，妻子之死，好友作家川端康成自杀，十二门徒中一个将回到韩国（曹薰铉），而另一个终将被看作是中国人（吴清源），以及他自己也将于明年自杀。他之所以能如此论断，是因为他参阅了汉人东方朔《灵棋经》中的"十二棋卜"法，即将十二个棋子投掷在棋盘上，看其正反面而定吉凶。不过汉人用的是象棋，分红与黑。围棋是分白与黑，故濑越在投掷时，用了下六鹢退飞定式时的六个黑子。因十二为六的倍数，所以他连续投掷了两次。两次结果都一样。

忒修斯船派琴学

据说，人身原子每过七年左右会完全更换一次，此人肉体已非彼人。如神话所言忒修斯之船（The Ship of Theseus）出自普鲁塔克《希腊罗马名人传》的杜撰，即说一艘在海上航行了几百年的船，是因为有不间断的维修和替换部件。一块木板腐烂了，它就会被替换掉，以此类推，直到所有的功能部件都被替换过。于是问题出现了：最终这艘船是否还是原来那艘忒修斯船？如果不是，那么它是何时完全消失的？此类问题，在中国现存的唐宋古琴上也具有相似性，即几乎所有的一千年前的旧琴，其中木头或部件都在历代经过不断的修缮、切割或替换，那么现存的琴是否还是过去的琴？故我曾云："当今嗜好唐琴的人，都是乘坐忒修斯船的人。待七年之后再看，他已不再是原来的他，那琴其实也早已不是当初的唐琴。人与琴都被替换过了，都是假的。只有他们自己还不知道。"

蝌蚪指南针

晋代江南人，曾以蝌蚪为指南针，称"玄针"。即出门时若迷了路，便会随便找个池塘或河边，看蝌蚪尾巴摇曳的方向而决定去处。但已露出小脚的蝌蚪则不灵。（见晋人崔豹《古今注》："虾蟆子，曰蝌蚪，一曰玄针，一曰玄鱼。形圆而尾大，尾脱即脚生。"）

反笼

明英宗朱祁镇（1427—1464）因"土木堡之变"被瓦剌人所俘时，曾被关入一种建筑在水中的大囚笼。其笼木皆反向编织，故从笼内向笼外看，笼外之人如被囚一般。而从笼外向笼内看，则会觉得被囚之人宁静自在。

跳水事件

"跳水事件"是1973年乌拉圭整整一代人的记忆：当时正处于军事政变时期，在乌拉圭的海滨首府蒙得维的亚体育馆，一个名叫萨拉戈萨（Saragosa）的跳水运动员，在比赛时从高台跳下后，观众只看见溅起的水花，人却始终都没浮上来。过了一分多钟，场上的裁判员才意识到有情况，急忙叫救生员下泳池察看，但奇怪的是在游泳池底部也没有找到萨拉戈萨。当时乌拉圭有三个政党在明争暗斗，即白党、红党和广泛阵线派，萨拉戈萨的秘密身份本是白党成员和美国间谍。比赛前不久，他的身份暴露了，于是决定逃亡。跳水事件发生后，各派之间便互相指责，都说是对方有人将萨拉戈萨暗杀了，并毁尸灭迹，以此来打击政敌。有人说他根本就没跳水，不过是障眼法。真正的萨拉戈萨在跳水之前就已被红党的人暗杀了，跳水者是另一个运动员；而有人说，这是广泛阵线的特务与赛场管理员串通好的，是一场魔术和政治骗局，他现在正被窝藏在总统家里；最离奇的说法则是称在跳水游泳池底与东南部的海岸之间，有一条秘密的水道相连接，长约3里。水道的盖子与游泳池底部严密镶嵌，根本看不出来。萨拉戈萨本人有在水中闭气30分钟的本领。在跳入水中后，他便迅速潜水打开了盖子，钻了进去。因为当天，有人曾在海边看见萨拉戈萨从另一端海水中冒上来，爬上一艘过路的货轮，偷渡去了美国。

雾之拳

1987年冬，河北邢台大雾。有人行路间，于雾中见有白手拦路，其掌大如蒲扇，忽然紧握如拳，手腕以上则全然不见。闻有脚步声至，此拳便随风飘散。

乌鬼

杜诗《戏作俳谐遣闷》有云："异俗吁可怪，斯人难并居。家家养乌鬼，顿顿食黄鱼。"何为乌鬼？历代有七八种解释，如宋人沈括曾在《梦溪笔谈》中据《夔州图经》认为，乌鬼即峡人所言鸬鹚（就因为后句是写吃鱼？那前言之异俗是什么，又有何可怪？）因鸬鹚身黑如鬼，故名；另有人说是乌龟，有人说是神鸦，还有人说是巴蜀的坛神，甚至黑人、番仔或古乌蛮战场之鬼等。但我更信宋人胡仔《苕溪渔隐丛话前集·杜少陵》中所言:"乌鬼,猪也。峡中人家多事鬼,家养一猪,非祭鬼不用。故于猪群中特呼乌鬼以别之。"乌鬼不是一般的猪,而是在祭祀时需要宰杀的猪,唯一的猪。唐时白猪多,黑猪则极少,被认为是恶鬼投胎而生。祭祀杀的猪一般都是黑猪,故名"乌鬼"。

找头发

日本诗人兼导演寺山修司(1935—1983)一生迷恋头发,不仅在乎女人的头发,也在乎自己的头发。而且,他承认他一直在寻找一束自己在理发馆被偶然减掉的头发。那头发没有下落,那头发中有他的灵魂。此事在他的《幻想图书馆》一书中仅略有提及。

幽瀑

唐温庭筠诗云:"幽瀑有时断,片云无所从。"(《寄山中人》)如晚清时,湖南石门壶瓶山间有瀑布,自山顶落至地面,约五百尺。瀑布中间的水流便有一段间断的缺口,长约五尺,宽三尺,无水。水在此分为上下两段,但飞流直下的气势,却始终倾泻如注。

临窗

宋绍兴二年夏，冀州人甘行临窗饮茶时，见窗外景物忽然大雪纷飞，远山一片皑白。甘甚疑惑，出门一看，则只见烈日当空，酷暑难耐。待返身回到屋中窗前，大雪依旧。直到甘上前关上窗棂后，雪方止。唯窗台上留下雪花数片，亮若砒霜。甘伸手欲触，却顷刻间已与阳光融为一体。

石摆尾

明末山西傅青主得一冻石，明如琉璃，纹若鱼肉。但提刀篆刻时，其石血流如注，刀下齑粉则化为油脂。傅惊讶之余，忙投之于溪中，其石便急速摆尾游走。

石燕

上古腕足类动物化石中之"石燕"（一名石蚶），遇雷雨则会漫天飞舞。郦道元、罗含、顾恺之、杜绾等人及唐本草之书中多有记载。

雨靴

1979年，怀化人叶文思购得一双黑雨靴，过雨而行，地上可不留水迹。越二年，叶以此靴于雨夜入室行盗若干次，未曾失手。但1981年冬，叶双足忽然瘫痪，自足弓至胫骨皮肉漆黑，而墙角的雨靴则不时发出一股腐烂的腥味。叶忙叫人弃靴于垃圾站，后被老鼠所食。但叶之脚病次日即沿腿部升至会阴。未及月，叶在如厕时猝死。

自杀藏书票

19世纪末，从美国移民巴黎的布赖恩先生向巴黎阿塞纳尔图书馆捐赠了他的一百五十多本藏书，数量不多，但都是精品。但"1903年某日，图书馆来了一位衣衫褴褛的长者，正是布赖恩本人。他只是淡淡地说道：'我想再看看我的书。'他一本一本地浏览，看完之后就静静地离开了。两天后，人们发现他死了，显然是死于自杀"。（见美国学者尼古拉斯·A. 巴斯贝恩《文雅的疯狂》第55页，上海人民出版社，2014年）此事虽真，但很少有人知道布赖恩的真正死因。据后来的研究，布赖恩之所以捐赠他的藏书，是因为其中一本里，隐藏着能让他致命的藏书票。那张藏书票上有他一生与藏书相关的罪过、欲望、骗局、恶癖、绯闻和可悲隐私的全部信息。布赖恩是个极其讲究尊严的绅士，他常为自己那些丑恶的事而羞愧。到巴黎后，他偶然认识了善于制作藏书票的法国玄学家蒂亚克先生。蒂亚克曾告诉他，只有将他的罪过画成图表，制成一张藏书票夹在书中并送出去，他的痛苦才能解脱。而布赖恩如果只送一本书，藏书票便很快就会被人发现。只有将所有书都送出，让一百五十多本书集体消散在图书馆里，藏书票才有可能永远淹没。他最后一本一本地浏览，也是不想引起别人注意那关键的一本。但是，不知为何，他发现那本夹有藏书票的书虽然还在，但那张藏书票却不翼而飞了。显然，有人曾借阅过这本书。他感到非常恐惧，又无权询问或责问图书馆，因这些书已捐赠了。他知道自己过去的一切或已被某个人发现，绝望之中，便只好自杀了事。

鬼面皴

自古水墨画之皴法多有，其中有"鬼面皴"，以写山岩怪异斑驳之象。明万历年间虞山画师吴瘦松，曾法宋元北方山水，涂嶙峋森严之山。吴嗜干笔，散锋，而尤精于牛毛皴、大小斧劈皴、雨打墙头皴、泥里拔钉皴、马牙皴与鬼面皴。晚年时，吴曾画《寒壁归巢图》一叶，长六尺，其上有群鹰百鸟乱飞，崚岈横生，围绕孤峰一座，以鬼面皴乱点之，甚为壮阔大气。画成三日后，吴忽想起峭壁上似有一处败笔可改，于是夜间秉烛而观。行至画前，忽见山崖笔触间突生一怪脸，豹目獠牙，驴耳血舌，须髯戟张，并张口吹灭了吴手中的蜡烛。吴顿时惊恐不已，遂卧病于床，旬日后死去。

问光

聂鲁达诗云："光是在委内瑞拉／打造出来的吗？"（见《疑问集》第21首）他猜得有几分道理。在委内瑞拉，很多海角都只有清晨和黄昏，正午是空的。大部分住在海边的人都没有关于正午的记忆。因为海角的光不能直射，只能斜射。光一到正午时分，就会消失十几分钟。那期间，山、海、屋、船与人都没有影子。那期间，偶尔会出现另一种光，这种光很短，也很迷人，像一群飞行的少女军队。据说它是被风从安第斯山上吹来的。

秘密花园与异人娼馆（一）：玄割

自 19 世纪末法国人米尔博（Mirbeau，1848—1917）写出《秘密花园》（*Le Jardin des supplices*）以绚丽的辞藻赞美谋杀、刑罚、恶德与怪癖之后，历代以中国古代暴力为背景的研究资料或以残忍乃至色情为中国美学的作品便层出不穷。譬如加拿大人卜正民与布鲁等研究凌迟的合著之书《杀千刀》、法国人巴塔耶的《爱神之泪》、美国人孔飞力研究中国古代邪术的《叫魂》或日本人寺山修司的电影《上海异人娼馆》等。但外国人其实并不清楚，中国古代除了酷刑，还有玄刑。

所谓玄刑，即"玄割"，指对犯人的灵魂进行拷问、殴打或转移等刑罚。玄割的方法，最初起源于上古五刑之髡（即剃阴阳头），以及"豫让三击衣"或"削发代首"等典故，进入元代监狱刑罚体系后，则演变为一种抽象的折磨，如：将犯人的头发剪下来焚烧；让犯人站在太阳下，命数十人集体践踏或用鞭子抽打他的影子；在火光前，用钉子钉犯人的手投在墙上的影子；用剪刀剪碎犯人脱下的衣服，此法尤其针对女犯或娼妓；用水火棍棒打犯人常睡的床；用针扎犯人家谱上或祠堂中祖宗的画像；挖犯人家祖坟，用钉子将其棺材钉死；将犯人在一棵树上捆绑三日，然后用弓箭不断地射那棵树，直到其树干被射穿；先赐给女犯一面镜子，令其自照数日，迷恋自己的镜像，然后再砸碎那面镜子。有时则是给她们一些鲜花，令其昼夜闻香，然后再将花朵碾碎，撒入江水中；用火烧掉犯人的胡须和指甲；鞭打犯人的丫鬟或童仆，令其罪转移到下人身上；让麻雀与野狗分吃掉犯人吃剩下的食物，然后再射杀这些麻雀与野狗，如此等等。玄割之法，凡数百种，详载于《元律补案》与《明狱杂俎》等书中，在此无法尽抄。

当然，最残酷的玄割，仍是凌迟，但在玄刑中则称为"鳞驰"。鳞驰之法，是让人犯先与一条大鲤鱼同居一室，鲤鱼养在水缸中，一般有七八斤重。犯人每日饲之以各种鱼食，令其养尊处优，越长越肥。犯人孤独，常会与鲤鱼默默说话，如自言自语，其情渐深如一人。待行刑时，即将大鲤鱼取出，置潜池中，将其身数百乃至上千鳞片一一剔下，然后放归于江水之中。去鳞之鲤痛苦不堪地游走，或死或活，全看其造化了。而那个曾与鲤鱼同居之犯人，也就算被处过了千刀万剐之刑，释放回家。因为鲤鱼已将他的罪过带走。

据说，一切玄割之法多用于侯门、大夫、贵胄与官宦之家。因他们肉身尊贵，世俗的刑罚并不能真正消解他们的过错。

古人认为"刑不上大夫",但大夫有罪仍应被惩处。唯有玄割,能修改他们的灵魂,让他们有罪的那一部分被神秘的诅咒和影射所消灭。

秘密花园与异人娼馆(二):太后

对于清代中国之"秘密花园"的秘密文学展现,素有"北京隐士"之称的英国人巴恪思爵士(Sir Backhouse,1873—1944)在自传体书《太后与我》中,算是真正触及了其灵魂,即色欲与统治的关系。但此书表面写的是慈禧太后与他的恋爱关系和宫廷怪癖(每个中国人都知道那是不可能的,不过是作者的意淫和为手稿增加魅力的骗局),而其实写的是巴恪思爵士在晚清堂子(北京旧时像姑、优伶与少年男妓之场所)所遭遇到的另一个人。此人为当时著名堂子里的老者,本名叶浅语,字梦言,自幼生于八大胡同,精通各类房中术、床第之娱以及"爱的鞭笞"。因叶天生女相,年轻时曾红极一时。即便年老色衰之后,其风韵与善于图财害命的本事,甚至能帮助清廷贵族谋杀逛堂子的政敌等,在堂子圈里都始终是个舵爷式的人物,故其绰号为"太后"。巴恪思嗜好男风,尤爱美少年,但其真正的癖好则是与耄耋老人(无论男女)交欢或恋爱。他笔下所言"慈禧太后",以及与太后的恋爱、性交、虐待,目睹内宫中太监、术士、道教徒、和尚与尼姑等的私刑,乃至与桂花或李莲英之间的性爱等,其实都是他与这位

110

叶浅语和他身边童仆的私情，以及对堂子里娟妓们的所见所闻。叶浅语知道巴恪思善写书，精通西方史上的各类诗文典故，便恳请巴恪思为自己的性事癖好也写一本书，并将自己所熟知的一切堂子黑话、春宫技巧、京城俚语等都教给了巴恪思，甚至还把自己最喜欢的少年也送给这个鬼佬当伙伴，目的就是为了能让自己能在他的书中留名。巴恪思答应了。但在最后成稿的关头，他决定将这部回忆录变为介于小说、幻想和真实历史之间的作品。为了移形换影，为了不被世人忽视"在芸芸老少浪子中，吾之放荡无人能敌"这样的豪情和写一本惊世骇俗之作的野心，加之巴恪思本人的确在光绪年间与慈禧及清宫有过一些外交关系，忽然想起慈禧的原名叶赫那拉也有一个"叶"字，故他悄悄地运用了镜像之法，将叶浅语的存在彻底抹掉，只代之以他的绰号"太后"，一语双关；将堂子改为了紫禁城；将自己的隐私与清廷和慈禧结合了起来，终于写下了那本令人炫目的奇诡之书。但因叶浅语一直活着，是个很长寿的人，活了将近九十七岁，故在巴恪思去世之前，他都始终不敢把手稿拿出来。因他惧怕叶浅语的黑道手段，会因此要了他的命。直到 68 年后，这部书才以目前的样子公之于众，而书中的两个"太后"则已完全变成了一个人：慈禧。

灯绳

吾昔年好友李峰，少时喜用心打坐。我问："打坐有何意义？"李云："某日坐中，我能以意念使墙上一根灯绳的末梢微微飘起。此后再无进步，也再无意义。"

熊经鸟申

明嘉靖三年，商州薛某善熊经鸟申之法，深呼吸一次，可令颈椎拉长一倍。后几十年如一日修炼。年近古稀时，薛某脊椎可伸缩自如，令身长过丈，人称"薛龙王"。

〇

五代末期，陈抟老祖曾于华山峭壁之上画大"〇"字一枚，以象无极（黄宗炎语）。陈之如橼笔锋疏懒狂狷，但所画之"〇"并非标准之圆，而是夹杂着椭圆与飞白的圆，收笔处也未曾连接，虚留有一道缺口。宋开宝九年十月，太祖赵匡胤驾崩之日，有修道之人以头猛撞"〇"字收笔处缺口，待血溅峭壁时，其人得入石中，不知所终。后三十年，峭壁之石风化，〇的痕迹亦湮没无闻。

侯梅

先秦之人似从不提梅花，只提梅子、梅雨或梅树。因"梅之肇于炎帝之经，著于《说命》之书，《召南》之诗，然以滋不以象，以实不以华也"。（参阅宋人陈景沂《全芳备祖》第一卷所引各家语，浙江古籍出版社，2014 年）所谓"摽有梅，其实七分"，的确仿佛未见一个花（华）字。然《诗·小雅·四月》又云："山有嘉卉，侯栗侯梅。废为残贼，莫知其尤。"既然是卉，可见还是有花的。由此亦可见"江淮肥遁愚一子"陈景沂，虽博览天下典籍，却未尝全通《诗》学也。侯即维，也就是维纲。山上有很多绚美之花，但数栗子花与梅花为群芳之主。若在位之人被废为亡国之贼（或《毛诗》谓之"大害"），此乃谁的过失呢？据说《四月》这诗是写的西周时一个小官，到南方去出差，却因战乱而不能回家。雨季，他在一朵栗子花和一朵梅花中预见到了周幽王的死与美。

莽撞人

古吴越之地，夜间素有庞然之物横行于田野，盗猪窃牛，抱负而行。其物头宽五尺，身高近一丈二，来时无征象，去时亦无踪影，唯常在路边遗矢便溺，其粪尿大若小丘。所过之处，数里间臭不可闻。吴越农夫不知其名，只呼其为"莽撞人"。

老者为虎

据日人安居香山、中村璋八所编之《纬书集成·河图·括地象》载："有不死之国，越俚之民，老者化为虎。"

明鬼

淮西小苍山有鬼，裸身无衣，昼出而夜隐。因其亮若水晶，于阳光下急速行，肉眼十分难见，故称"明鬼"。

枭霆（肉豆蔻吟）

清末淄川药人宣境，于山中采得白肉豆蔻一斤。夜置于案上，隐约闻听豆蔻中有声，嘤嘤如吟哦。宣近前察看，并无一物。又将肉蔻放到鼻下轻嗅，觉其声渐大，时如小儿啼，时如妇人泣。宣惊恐，以为妖物，忙投之窗外。豆蔻瞬间散开，其声大若风暴，凌空巨响，奔若惊雷。宣急欲捂耳，却为时已晚。天亮之后，院中豆蔻之香犹在，而宣渐觉双耳失聪。后诘之西郊长者，云："君之所遇，或为山中玄虫，名'枭霆'。此物无小大，但吼声如雷，尤嗜香，常隐于茯苓、白术、甘草或豆蔻之中，闻者耳聋。"

柔金

古越南占婆人居住之海岛上，土中会生一种黄软之物，沉重似铁，却能如布匹棉花一般随意握捏，人称"柔金"。

公孙入壁

民国十七年（1828），咸阳人公孙苍岭嗜玄，好闭关面壁之学。于家中以秦岭之石修一墙，闻有人来访，便故意静坐如寐，对墙跏趺，以显其道行高深。某日，蜀中军阀刘湘派专员来请公孙，欲求用兵之策。公孙面壁良久，沉默不发一言。专员本缙云山土匪出身，以为公孙正熟睡不醒。急甚，上前猛推之。专员力道奇猛，公孙猝不及防，身躯竟忽倒，额头碰至墙心，当下鲜血四溅而亡。数日间，壁上血印风干，轮廓呈现竟如公孙之脸，隐约有坐姿。家仆长年洗刷，然此印发黑，仍深陷墙中而不去。后咸阳人谓此印为"公孙入壁"。

蔡秃头（一）

从前有个国家，那里人的头发都长在别人脚下。大家都躺着时不觉得什么，若想独立站起来，便会发现头发是被人踩着的。而踩着别人头发的人，自己的头发也被人踩着。整个国家，只有和尚或者秃顶人，看上去似乎没有这样的麻烦。和尚不能结婚，甚至不能恋爱，这对过惯了世俗生活的人们来说，毕竟是难以接受的事。于是，大家最钦佩和羡慕的人，便只剩下秃顶了。为了成为秃顶，为了不被人踩住头发，有的人故意在头上洒酸液，让自己毛囊坏死，但那的确太丑了，走到哪里都会令人感到猥琐；有的人干脆剃掉自己的头发，冒充秃顶；还有的人则戴上了帽子，试图把头发藏起来。可是头发不是再长出来，便是不小心从帽子里掉出来。这让踩头发的人发怒，也让被踩住头发的人不断感到疼痛，除非他躺在地上什么也不做。

在所有人中，有个姓蔡的人，生来就头发稀少，到38岁那年，他基本成了一个秃顶。整个脑袋瓜，只有绕着后脑勺的一圈，还隐约残留几缕头发。于是，他成了整个国家最自由的人。因为他无论躺着、坐着、站起来或走路，都不会被别人踩着。因为他随时可以移动自己的身体，也就有了随时与人联络交流的机会，表达自己的意见，于是刚过了40岁没多久，他就成为举国最有影响力的人。过去，人们都叫他"蔡秃头儿"。羡慕他之后又叫他为"蔡头儿"，省略掉了"秃"字，以表示尊敬。最后，大家索性都称他为"头儿"，表示他就是大家的领袖和整个国家最有权的人，连"蔡"字也成了尊者讳。无论文人、武士、老人、妇女或儿童，都以头儿的言行为准则。"谁让你不是秃顶呢？"如果碰到有不服气的人，周围的群众便总是这么说，或者互相嘲笑道："只有头儿才能想去哪儿就去哪儿，从不受任何世俗的约束。有本事你也站起来走走试试呀。"在历史上，也曾出现过几个想忍住剧痛，从别人的脚下站起来的家伙，甚至还有想提着自己的头发离开地面的家伙，但这些人最终都失败了。因为他们站起来的同时，被踩的头发连带着头皮会被撕裂下来。有些人因动作过猛，半个脑袋都被扯掉，脑浆迸裂。时间长了，便再也没人敢试图站起身了。整个国家的人都只能躺着不动，连翻身都艰难。他们唯一能做的事，除了互相喂食，就是呼呼大睡。因为只有在睡梦之中，他们才会感到自己在移动。

蔡秃头（二）

自从蔡秃头成了踩头发国中最有影响的人，他便不再自卑了。他每天在躺着的人群中走来走去，俯视他们的身体，鸟瞰他们的睡眠，异常惬意。有时兴致好时，他就会找来一顶假发戴上，然后躺下来和大家一起待上一会儿，但那只是一小会儿。作为自幼在这个国家长大的人而言，他对被踩住头发的事也心怀恐惧。虽然自己已没有那种危险了，可看见别人的脚时，也会有一丝心悸。假发随时可以扔掉。不过，自从成为"头儿"之后，他最担心的事，则是出现别的光头或秃顶，来和他争夺这个至高无上的位置，譬如和尚。为此，头儿索性制定了一卷律法，里面规定道：一切僧侣尼姑，皆须蓄发，以适应吾国之国情，若僧人不蓄发，则立令其还俗，否则按异教徒论罪；敢戴帽子遮蔽头发者，视其情节严重与影响，处以囚禁或罚款；敢私自剪短发者，处以无期囚禁；敢私自剃光头者，斩首；敢以病毒感染头部毛囊令其坏死，冒充秃顶者，灭九族等。曾经有个诗人，因写了一句"那宫中剃头师傅用手指摆弄着我的脑袋，令我烦恼不已"，便被流放到雪山荒原去了，且死无葬身之地。整个国家没有一家理发店，但却要求每个人的头发哪怕被踩着，也都必须尽量是整齐的。且因为"身体发肤，受之父母"，任何损害头发的行为都被认为是不孝之举。举国只有一个秃顶人，就是头儿他自己。头儿也知道秃顶难看。于是，他在私下里订做了一顶八角如意雕花铁冠，并在冠冕上镶嵌满了各种宝玉、玛瑙与蜜蜡，刻上了"蔡"字，以表示这顶冠冕只有蔡家之人才能世袭。而头儿当时的目的，只是想用这顶绚丽的冠冕遮挡自己的谢顶而已。白天，头儿便在躺满人群的大地上走来走去。因为躺着的人都像尸体，所以整个国家只能看见头儿一个人。头儿没有身高，没有肥瘦，没有伴侣甚至没有雌雄，像个地道的孤家寡人。但他因为这举世无双的自在和权威而乐此不疲。

从此，这个地方数千年过去了，一代一代人的头发被一代一代的人踩住，踩住别人头发之人也一代一代地被踩，似乎从无止境，也始终没有人真正能翻身站起来。而且，人们还产生了新的错觉，即那个戴着帽子的头儿，才是最完美的人。而生来就长头发者，本身就是一种缺陷。最后，大家唯一剩下的念头便是：我恨头发，可我离不开头发，救救我的头发。

注：关于蔡秃头，有另一说法云：蔡秃头即蔡叔度。他由于制了雕花铁冠，后来这个国家便干脆被人叫作蔡国。蔡叔度为第一代国君。蔡国之人，本来崇尚祭祀（蔡即祭，古时为一字），但蔡头儿告诉他们，要歧视甚至仇恨那些有知识和有思想的人，因为他们根本不懂蔡国的苦难。故哪怕是孔子经过那儿时，躺在地上的蔡国人也都懒得理他，让他和他的门徒们饿着肚子（太史公所谓"仲尼畏匡，菜色陈蔡"）流浪了很久，最后惶惶如丧家之犬般地离开。

天打鼾

1984年，武汉人贾桂平乘轮渡过江，行至江心，忽听得天上有打鼾之声，呼噜起伏似熟睡之屠夫，梦呓之醉汉。贾抬头望天，见万里无云，唯有数千麻雀与鸽子或被鼾声所惊，昏然乱飞于两岸之间，遍布江面。

登族

18世纪中叶，爪哇国山中有异类土人，名"登族"，族人眼不分高低，上谓之下，下谓之上。族人从高处往下跳时，如履平地。若从低洼处向上攀爬时，也从不觉累。居则常悬帐篷于峭壁之上，不以为惧。但因森林山岩很多，族中人惯在极高之崖间随意跳跃，故常因此粉身碎骨。爪哇无驴，称中国人所贩之驴为"鬼马"，甚喜爱，奉为图腾。至19世纪中叶，登族中的最后一个男子名费音者，因追杀一头猎豹（据说该猎豹咬死了他的驴）时，两者皆不幸摔死于瀛崖之下，其族遂亡。

未来蝴蝶夫人

据闻，美国科学促进会（AAAS，成立于1848年）曾在二战塞班岛战役期间，以军方身份从受重伤难治的日本居民中选取十数名少女，进行冷藏试验。这些少女都是在跳崖、切腹或中弹时奄奄一息者。促进会希望待以后能救治时，再将她们启封。大致解冻时间被定在了 2174 年前后。因该组织规定，凡参与研究和救治的科学家，无论是未来时的哪一位，如果少女们有苏醒的那一天，便可自行选择与她们其中的一人成婚。加上每个美国人都熟悉的著名的《蝴蝶夫人》的歌剧故事，故这次秘密实验曾被称作"未来蝴蝶夫人计划"(The Madam Butterfly Plan Of Future)。又据闻，2009 年时，有一个少女曾经醒来过。一名叫伊斯特纳的科学家曾与之发生爱情，后却因该少女仍带着二战之仇恨，用一枚传统的日本发簪将伊斯特纳杀死于芝加哥一家旅馆的床上，但此事尚未得到证实。

曾文正公蛇腹疥

太炎先生曰：世传曾国藩生时，其祖父梦蛟龙绕柱，故曾国藩终身都长有癣疥，其状如蛇腹鳞片，苦不堪言。曾日记有云："咸丰十一年六月二十二日，癣痒异常，手不停爬。左腿已爬搔糜烂，皮热作疼。近日，疮征痊而癣又作，悉身无完肤，意绪凋疏。"自此后，日记中屡见其云"遍身痒甚"等语，可见非假。

幻灭

古埃及有花名"幻灭"，若不触花冠，其花可数年不谢。触之，应手即谢。

朱雀

一说朱雀即朱鹮，一说朱雀即赤乌（太阳中的乌鸦），一说朱雀即火鸟（火精），只有美国人薛爱华（Edward，1913—1991）说是朱雀就是越南女子。（参阅薛爱华《朱雀：唐代的南方意象》，三联书店，2014 年）

全金属浮岛

1987 年夏，北京乐人董觉三曾乘船去美国演出。董云："路过太平洋公海时，曾见浩瀚一片空地，约有数平方公里，在阳光下熠熠闪亮。最初以为是海上绿洲，待船离近了，才看见是很大的一座人工全金属浮岛。此岛地面可以向上呈扇面张开，凌空折叠，仿佛两叶巨大的蚌壳。岛上全是金属结构的楼阁栅栏、军舰、雷达、塔尖、武装直升机、战斗机、枪炮、电子工程平台和弹射跑道。岛边还停靠着数十艘航母和潜艇。整个浮岛建筑密集，如一个遍布按钮的集成电路，其中走动的人则小如灰烬。因中国船只不能登陆，故无法了解这浮岛究竟属于美国的什么结构和工事，只觉得震慑。"

多米诺牺牲

古越南人生病祭祀时，杀牺牲之物，就如推倒多米诺骨牌一般，由小渐大：如巫师在祭祀时，先拿一只公鸡占卜，然后便杀掉此鸡。病不好，便杀狗。再不好，便杀猪。仍不好，便杀牛。如果病人始终都不能见好，便责问他的亲戚，然后索性绝食，并用一块布片挡住病人的脸，让他羞愧而死。（可参阅唐柳宗元《柳州复大云寺记》。）

飞尸之乡

医古文所言五尸之病，即：（一）飞尸（乱走皮肤，洞穿脏腑）；（二）游尸（附骨主肉，攻凿血脉）；（三）风尸（只觉疼痛，不知痛处）；(四)沉尸（弹绵昏沉，内脏如睡）;（五）遁尸（心腹胀满，刺痛喘息）等。（参阅《云笈七签》）而明末潇湘，却有"飞尸之乡"，其地所埋死者，头七期间皆能夜飞于半空，或游荡草间，或骑马兜风，或坦腹卧江边，或隐遁于亲戚之家。若此时开棺，可见椁中无人。待断七黎明前，飞尸才又回到墓中安息。

向上（Olah）

古代犹太人早晚两次都要在圣殿祭坛上供奉一只完整的公羊、母牛和鸽子，让香坛上的香火绵延不绝。如英文大屠杀（holocaust）一词，本出自希伯来语 Olah，意即"向上"，即暗指整头动物在祭祀焚烧（燔祭）时冒起的烟雾，是向上飘往上帝的。"既然如此，我们何罪之有？"纳粹上尉路德维希·冯·里希特将军说道："我们用焚尸炉屠杀犹太人，不过就是为了让大家能一起向上"。

海漏

东太平洋深海底有一洞，直径约 12 里，呈漏斗形。海水至此处，皆下漏注于洞中。曾有拉丁美洲潜水员阿麦拉接近洞口，见其中隐约有黑气，中央有一根螺旋水柱高耸，几类"定海神针"。环绕柱子四周之水，旋涡旋转滚烫如沸。阿欲进洞口一探究竟，但见洞边忽然爬上一只巨爪，爪分八指，仅一指甲盖便长近五米，尖若猛犸之牙。爪身之后为何物，阴森昏暗不可见。阿大恐而逃，从此再不敢下海。

水火诰

1994 年夏某日，无风。在北京前门大街珠市口路心，有一物凌空盘旋，若群鸦纷飞。俄顷，骤然落下，成满地碎纸，纸上有字。有扫街人将碎纸扫在一处，以为垃圾。入夜后，忽有黑衣少年自北而来，蹲于地，将纸拼在一处而读，读罢，大笑不已。又有红衣少年自南而来，夺纸而读，读罢，痛哭流涕。二人哭笑至凌晨，方焚其纸，遂南者往北，北者往南，分别拂袖而去。天桥有老叟云："此纸在道书中称为'水火诰'，纸落之处，方圆一里内必有思想之天才。南北少年者，水火之真精也。"

握手术

清末衢州举人汪安详反感一切西学及洋人礼节及舶来品，

如握手、西服、抽水马桶或自然科学等。尤其厌恶与人握手，认为不洁。汪一生见人时，始终只是抱拳作揖。民国后依然固执不变，常令对方伸出之手悬空良久。1952年，汪已年逾古稀。某日，被强制参加批判大会，不得不与会场之人一一握手。当夜回家后，他便总觉手上有秽气，于灯下细看，并无一物。汪心中恐惧，只是不断洗手。然次日汪仍病倒，四日后死去。

补遗：据说2003年苏丹首都喀土穆流传着一则传闻："外国人可以用与苏丹男子握手的办法，使对方阴茎消失。"（参阅（美）Mark Steyn所撰《欧洲穆斯林化与西方的衰落》。）

天下流血

敦煌《占梦书》残卷第卅一云："梦见天下流血，福乐至。"此乃国人最典型之镜像。

找（三户国人）

东南方有一岛，名唤"三户之国"，传闻乃为秦所灭之楚人后裔。其国之人有癖，皆嗜好"寻找"，即每日总是出门去寻找别人，也寻找自己，常因此茫然若失。岛上居民密集，房屋鳞次栉比，人口繁殖如鱼卵，几无一孤立者。纵然如此，其国之人仍觉寂寞，终日心内凄惶。自生至死，无论晨昏，无不在找人或自找之途中。这是一种怎样的寂寞和一个怎样的族群呢？在三户之国，大街上的人群每时每刻都摩肩接踵，万众攒动。但每个人又都觉得自己需要找一个什么人来陪伴自己，否则便会寂寞难耐。以至于若逢国之节日时，岛上常人满为患，互相踩踏致死之事多有。但千百年来，找人之人与被找之人，依旧遵循这个传统。有人认为这是因为他们的祖先死于暴秦，故子孙们是在寻找被屠杀的祖先的灵魂。然而，去过岛上的人都知道，从未有谁在真正牵挂或怀念祖先。"寻找"只是他们的一种习惯，一种集体无意识。浩瀚的人海中，他们的心中只有不断地希望找人或被人找到的寂寞，并只认此种空虚的一窝蜂的寂寞为国之繁荣。

空中女厕及地下迷宫

东瀛平安时代之贵族夫人或大家闺秀皆有洁癖，尤以从未见过污秽物为骄傲。最严重者，甚至说连自己的粪便也从未低头见过。贵族家的女子们为了互相拼比洁癖，不惜动用黄金与奴才，尽量屏蔽一切生活中的污秽和垃圾，以及修建复杂的厕所。譬如谷崎润一郎曾在小说《武州公秘话》中略提到过的桔梗氏夫人，便有此怪癖。但据后来很多人的记忆，平安时代的女厕所要比谷崎小说里写的复杂得多。据说，那女厕房屋首先是一种悬空结构，人进入后，第一层只是一个坑，坑下空洞无物，好似空旷的黑暗。这样，当粪便或任何污秽与排泄物掉下去后，都如落入无底深渊一般，出恭者自己根本不可能看见。为了达到这个目的，有些女厕便修在河流或海水之上。如果贵族的居所离河边或海边很远，那么她们会不惜修建漫长的走廊，直通海边，然后凌空修建女厕。走廊沿途遍种花卉，绵延数里，香气袭人。而那些住在太靠内陆的女贵族，则会耗尽钱财，雇用挖渠之人从海边引水过来，从女厕的坑下经过。有时，这样的坑道需要很深，又很长，海水需要绕过的岩层或地表建筑很多，于是便形成了一座地下迷宫。这种迷宫空间很大，高有十来米以上，宽则可以容数人通过。海水在其中如小河分叉，形成蜿蜒循环的支流，从黑暗中把排泄物带走。为了分解粪便的臭味，她们每年还定期请人清洗沟渠及四壁。而在这种绚丽的"洁癖竞赛"历史中，要数左和洲的武藏弥优子最厉害。传闻她不仅修建了地下迷宫，女厕还用奢华的屏风与浮世绘镶嵌，昼夜燃香，只有尽头地板处，留有一个小洞。而且，她每年都会请人完整更换一遍厕内的地板，清洗整个迷宫的底部。最后，她还会杀掉那些替她清洗污秽的人。被杀之人，大多是她的崇拜者、家仆、情人或请来的男奴。杀掉之后，尸体也会被扔进坑里冲走。这一切，只是为了武藏家在举行晚宴时，她能用折扇掩住樱桃小口，骄傲地对别的贵族夫人说："我可从未见过自己的粪便。不仅是我，恐怕这世间，连见过我粪便的人也都根本不存在吧。"

线鬼

锡金国南 40 里森林，有线鬼。其鬼身长六尺，但躯干细瘦如线，头亦若一截线头。其鬼每日只黄昏时出，出仅数分钟，天黑即没。唯其所站立处，会留下一个小黑点。

微金刚

民国入缅远征军徐克勤，曾于缅甸乡村某寺得一卷奥义书。书中云："一切沙粒、尘土与灰烬中，皆有微金刚。此物头、身与手足为一体，浑然不分上下左右前后。此物甚小，如一粒盐。此物有眼，金光闪闪。然此物甚重，约四千七百余斤。"后徐转战南北，随身携带此书。但归国时，奥义书却不慎丢失于云南途中。晚年每念及此事，徐尤觉遗憾。

麻

1982 年，滁州西有一块田，其土壤常自行发麻。农人若赤足触及，则如舌尝花椒，双腿即麻木得几乎失去知觉。出田，则麻感顿消。

暹罗机械刑

明熹宗朱由校爱干木匠活儿，法王路易十六热衷于制锁。在中国清代，从康熙嗜好西方格物开始，至光绪迷恋修理自鸣钟为止，机械之学一直是各个皇帝的爱好。而暹罗国王拉玛二世（依刹罗颂吞 1809—1824）的爱好则更极端，他喜欢设计各种复杂的机械迷局，让监狱中的犯人来解谜：诸如万能锁、二十四连环结、齿轮精确咬合计算法、涡轮机曲线、水车循环系统故障、杠杆错觉原理、七十二屋檐龙骨浮屠塔卯榫结构图、弓弩射程与角度之关系等，谓之"机械刑"。能解此刑者可豁免，不能解者加罪或斩首。

幽浮定理

世间关于幽浮的文献与幻想太多，但自 19 世纪以来，就像威尔斯小说中的火星人、阿西莫夫的机器人乌托邦、美国人杜撰的飞碟现象或"X 档案"一样，最后搞得莫衷一是。而按照我那位研究玄学、梦与天体物理的朋友济州人吴正燮的分析，真正的幽浮实际上根本就没有物理体积，而是一种可以降落或依附于人体神经末梢上的，来自外太空的东西。这种东西无形无相，但就像感染源，通过氧气即可传播，但又绝不是细菌。吴认为，把外太空生物想象为飞碟或者准人形，具备某种超自然力量等等，这些本身都是地球人才有的想象力和思维局限，甚至"生物"二字都是人类才有的意识。只有地球才有生物，才在乎生命体。幽浮（将 unidentified flying object，即所谓 UFO 认定为"不明飞行物"或飞碟等，这本身就是可笑的。姑且暂以此名之）如果真有，或许根本就与生死无关。它们根本就不是生物形式，更不是金属飞行器的形式，而很可能是以一种无生命体的意志力的形式进入大气层的。它们来的目的，也不仅只针对人类，而是一切在寒武纪出现的动植物，以及获取地球空间本身。所有人类的先进军事武器、政治谋略、宗教思想或自然科学理论等，对于幽浮来说都没有意义。因它们根本就不属于这些东西的接触范畴，不属我们的三维物理空间或者神学模式。它们是另一种存在，不必借助什么飞行、攻击、暴力、光学或力学等这些地球物理手段来进入我们的世界。目前地球人关于存在的最高思维，不过只到量子论、基本粒子不确定论或玻尔互补论（类似王阳明心学）等。而且，还得在围着造物主、色空与宇宙大爆炸这些自古希腊以来就有的"第一哲学"绕圈子。而幽浮从来就不是科学或哲学。吴还设想：也许它们早就来了。譬如最迟在英国工业革命前后，它们就已经成功地黏附到我们（包括其他动植物）的神经之中，成了我们体内与心中无生命、无意识、无法控制的那一部分。我们早已不完全是原来的我们，只是我们自己还不知道。

男妓尾美

让·热内曾言："所有的意大利人都是男妓，但没一个专业。"而在意大利，据说所有的男妓死后，都会化作雄狮或雄孔雀，因其尾美故也。

苏颂卷帘

北宋宰相兼格物家苏颂（1020—1101）精通机械玄学，曾造一卷帘，悬于宫殿之窗。拉升帘幕，风景即被卷起不见。放下帘幕，风景则垂挂如旧。且景物常随帘幕之褶皱波动，如风之过窗。苏颂卒于徽宗年间，后此帘随徽宗一起为金人劫去，不知下落。

法老蚁的几何学

法老蚁（即小黄家蚁，Monomoriumpharaonis）是全世界分布最广的蚂蚁，尤其在南方到处都是。据说它最初来自埃及金字塔时代，本为来自南非的奴隶，后来是历代死于修建法老陵墓工程者的化身，故得名。法布尔在《昆虫记》里曾说："蚂蚁识别路标，大都靠偏振光（polarized light）的指引。"而法老蚁则更神奇，因为它们在行进的过程中，不仅释放出特殊气味来标记行进的轨迹，而且当前方出现分岔路口，而附近又有食物时，负责探路的侦察蚁还会用分泌物标记出一条角度大约为60度的几何路线，使工蚁们能寻路而至。准60度，正是金字塔三角形每个内角的大约度数（譬如胡夫金字塔的斜坡对地面为51度50分09秒；三角形本身底部角度为58度17分15秒。四个底角为58度17分15秒的等腰三角形，围起来即标准金字塔形）。当然蚂蚁们每次分泌的几何角度也略有差异，或高于60度或低于60度。但这正如各种大小的

130

金字塔不完全相等一样。无论如何，它们对几何路线的精通和本能都使得上述那个传说有了一些神秘的依据。

中国皇帝火山

"中国皇帝"（Emperor of China）是印度尼西亚班达海西部的一座海底火山。火山状若古盾，高一千五百多米。1979年的测量中，"中国皇帝"被定义为休眠火山，因据说它在七万多年前就已经停止了活动。但印尼人相信，此火山迟早都会爆发的，它就像一个睡觉的中国皇帝，一旦醒来，便是暴君。

汽车作为移动器官

有一段时间，大约在20世纪40年代吧，汽车曾一度变成人类身体的一部分，像一种移动的巨大器官。故罗兰·巴尔特曾云："父子间恋母情结的争斗，现在已变成关于家庭购买汽车的选择权与控制权的争斗。"在欧洲、在美国，都发生过诸如某人被汽车谋杀、被汽车强奸、被汽车猥亵或被汽车凌辱的怪事。在埃及开罗郊区的一条古老的公路上，一个名叫阿赫塔德美达蒙的亚历山大城少女，曾说她见到了一辆抛锚的小型敞篷轿车，"那车的门在流血，而车头却发红并勃起，轮胎也如阿拉伯人的睾丸般肿大"。这个少女还说她受到了这辆轿车的攻击，差点丧命。为此，她后来一直都在埃塞俄比亚幽居，再没去过开罗。

无鼻之魂

　　清人袁枚善烹饪美食，厨内佳肴常香气四溢，著有《随园食单》。某日夜间，他忽见一白衣肉脸无鼻之魂，游荡至随园亭中，静坐良久。袁枚披衣而出，斗胆诘之。魂云："某乃先秦一稗官，因写真史刺王侯，受劓刑（即割掉鼻子）而死。今路过此地，闻君家宴方散，某未就美餐多年矣，故而来寻。"袁速令童仆取食单酒菜，以飨鬼魂。魂则边吃边哭，食罢曰："子才烹饪之道真美不可言，某虽不能闻香，也几令断鼻复活矣。某无以为报，千年来只常在鬼域行走，浪迹阴间。窃得无聊故事一卷，可为君解忧。"遂从袖中取出手稿送与袁，飘然而去。后袁子才以此稿为底本，编为《新齐谐》(《子不语》)。

耳观

　　明万历年间，有郴州老秀才阎催善"耳观"，即对人对事只听不看，不信物象文字，只信一切声音。其论事常精准无比。人问其故，阎云："子曰'六十而耳顺'，述而不作，且不言眉、目、鼻、口。可知唯耳为洞察真理之器，非其余可比也。"

双阴

　　清初，淮西飞天教领袖"地母"沈莲因起义被俘。刑罚裸其身,见其下体竟有双阴,重叠如"吕"字。狱卒严刑拷问之,沈供云:"吾自幼生来便如此,也曾嫁人。后发现能一阴生子,一阴生女,淮西众人以我为吕祖化身,遂拜为地母。"

定雨叉

古鲜卑人(即今之西伯利亚人)有定雨叉,即在出兵剿灭中原之前,若望见天上有乌云南移,便令武士们用飞叉投刺,把乌云钉死在空中。据说这样可使南方汉族地区数月无雨,乱中国之军心。故未出兵,已先胜一筹。

反瞳道人

民国十三年(1924),海南儋州有盲道士,俗姓苏,号紫园。此人双眼能内视,观其自身五脏六腑,奇经八脉,如观图像。但对眼前之物则一无所见,自幼便是瞎子。苏死后,有郎中验其眼球,见其瞳孔向反而生,其墓志铭上便称其为"反瞳道人",葬于珠崖之下。后其墓为"土地革命战争时期"赤卫队所毁。

蜀猿峨眉魁

蜀中有猿妖,毛色白,性惧火,名唤"峨眉魁"。儿时,我常见重庆街边有江湖把式者耍猴戏,其中以棕猴与黑猴为多。某日,见一江北虬髯莽汉耍一只白猴,其臂长三尺,尾长近五尺，通体如雪。莽汉令其敲锣，白猴便敲锣；令其作揖，白猴便作揖。若有不听，则木棍责打之，白猴哀嚎悲鸣，其声如女子啼哭，围观者多有同情，纷纷撒钱。后又令其凌空钻火焰圈，白猴畏缩不敢前进。莽汉用皮鞭抽打，白猴惨叫不断，疼得满场乱跑，终于一跃而起，进入火焰圈。但众人只见白猴从左边跳进去，却未从右边出来。围观者以为魔术，又使劲鼓掌，钱落如雨。而莽汉则诧异惊恐，在火焰圈边四处张望，无猴踪影。纳闷间，忽见火焰圈边还残留有一截白色的尾巴，在轻微摇摆，若有留恋。莽汉急欲去抓，尾巴则迅速缩进了火焰之中。自此，白猴便完全消失了。此白猴即"峨眉魈"乎？

女摸骨师

　　拉脱维亚有女摸骨师名克里斯汀（Kristīne）者，善摸男子颧骨而知其权力欲，摸膝盖骨而知其家族往事，摸其无名指骨而知其性癖好，摸其琵琶骨而知其宗教信仰。但最奇怪的是能摸其尾椎骨，能知其三年以来所做过的一切梦。只要男子能说出具体日期，克里斯汀便能叙述那一夜中的梦境。

弗拉基米尔月面站

　　弗拉基米尔（Влади́мир）月面站即"列宁月面站"（因列宁为笔名，原名为Влади́мирИльи́чУлья́нов），是苏联20世纪 80 年代所建的意识形态空间站。"冷战"末期，美国的星球大战计划一直刺激着苏联人。为了有效地反击帝国主义称霸宇宙的野心，苏联便向月球附近发射了一颗非常大的武装秘密卫星，全长 51.18 米，最大直径 9.2 米，重 71 吨。空间站里除了存放一些枪支武器之外，还有一套《列宁全集》。空间站预计使用寿命 30 年。但在苏联国家档案密码中却称此事为"蘑菇计划"，因列宁本人爱吃蘑菇。此计划的唯一目的，即是在太空中实行军事共产主义。为此，在空间站的舱门上，还刻有未来主义诗人马雅科夫斯基过去演讲时的一句话："唯有列宁、月亮和手枪，是我们占领外太空的理想。"

六面哭印

传明人文三桥（文彭）篆有一方六面印，乃八分正方体，分别刻阴文、阳文、瑞兽、卍字、边款与留白。前五者皆好理解。唯"留白"一面，因上有石纹，文惜其绚美而不刻。然每盖前五面时，石纹中便会显现水渍，滴流状若泪痕。后三桥谓之"哭印"。

断指庙注疏（一）：无臂

唐末岭南海边曾有一座"断指庙"，庙中无佛龛，不供一切佛像，唯香案上供有一截手指。很小，像个孩子的。据云，此断指骨乃唐僧俱胝竖"一指禅"时，所断童子手指之骨。断指庙中历代僧人，手皆仅剩九指。据云，此庙香火虽冷清，但因其渊源深远，尤为空门修炼者所敬，往投之沙弥倒是从来不少。然童子当年定下规矩，唯有敢断自己手指者，可以入庙为僧，故此庙也称"九指庙"。不过断指的法嗣传统发展到明代时就变成了一种变本加厉的结果。为了表达对"无"与"空"的理解，也为了争夺方丈之位，僧人们之间钩心斗角不说，还互相比自残的勇气。最初时断指可以出家，后来是断指可以为方丈。再后来你断一根手指，那我就断两根，而他则断三根、四根、五根、六根……这样一代一代传承，到清末民初时，最后一代（第二十七代）断指庙的方丈，据说已是一个在争夺法嗣时双手都被自己齐腕砍掉的古怪和尚，人称"无臂法师"。无臂法师不能自理吃喝拉撒，每天便靠其他僧人伺候起居。然而，为了取代他、超越他、成为第一境界之祖，仍有一个弟子试图用断脚趾、断腿等来威胁他的思想，棒喝他的存在。但这件事后来被南粤"四大寇"与革命党发起的战火打乱了。那个试图代替无臂法师的更精进勇猛的弟子，审时度势，犹豫再三，最终还是还俗参加起义去了。因那弟子发现：唯有革命，也就是唯有"断头"，才是真正的纯空。与此相比，断手断腿都不过是小把戏。弟子走后，断指庙香火渐冷。到1941年冬，即日本人在偷袭珍珠港时，同时也派了一些飞机去无差别轰炸香港及南粤沿海一带民居，以断绝英美在远东补给支援。那时，无臂法师已圆寂好几年了，身边的和尚也早就跑光了。断指庙被一颗从天而降的炸弹夷为平地，自此从禅林中消失。

　　注：关于"俱胝一指"之公案，可参见《景德传灯录》卷十一，此不赘言。另，清末湖南诗僧释敬安（即寄禅法师黄读山，1851—1912），传闻也是早年曾敬仰断指庙，故在出家时，为表示自己比九指更坚定，更彻底，遂索性燃烧了两根指以供佛，故俗称"八指头陀"。而20世纪50年代金庸武侠小说中所杜撰的"九指神丐"洪七公，其原型也来自此。因《断指庙寺志》中还有记载："宋时岭南曾有一丐，欲入庙，自断其指。后因嗜酒无度，贪吃成性，遂为众僧逐出寺门。"

断指庙注疏（二）：恶棍

　　唐僧俱胝禅师（即五百罗汉中的摩诃俱绨尊者，生卒年不详），因竖天龙一指而得天下心法。其门下某童子，因在外模仿他，故被师父砍断了手指，于血泊中悟道。但鲜有人知，此断指童子，原名古了义，自幼习武，乃婺州金华山人。断指之后，古了义便带着他那一根手指，冲决网罗，反出了师门。为了宣泄对俱胝禅师的不满，古决定用最离经叛道的方式当个行脚僧。他也不还俗，仍然是个秃子，但在他因有点拳脚功夫，便行盗窃抢劫、杀人放火与饮酒吃肉之事。他见着人便会出口咒骂宗门，闲暇时则勾引良家妇女，或出入青楼。若遇到需要在某招提兰若寺中借宿时，他就谎称自己是为宗门之事在奔忙，临走前则会在门口撒尿一泡，以表达对一切泥菩萨偶像的蔑视。如果有人发现他有点邪性，行踪古怪，敢责问于他，他便报之以一顿拳脚了事。就这样，古一路吃喝嫖赌，在偷鸡摸狗中渐渐地长大了。漂泊到岭南时，古已经是个三十来岁的行脚野和尚。南方多雨，气候炎热，古披着一袭破旧的袈裟，袒胸露背，靠着自己身强体壮，到处惹是生非，过着恶棍一般的日子。不过他在南粤如鱼得水，还混得出了名。在海边，他拉起一帮地痞，靠抢劫渔民的鱼得了些钱财。为了养活手下人，当个立地太岁，于是他盖了一座简陋的茅草堂，叫"断指堂"。想入堂口跟着他干的，条件便是敢于切掉自己一根手指，算是立下了投名状。如果有胆敢和断指堂作对的渔民，古了义的人则会将其抓住痛打，砸其船、烧其屋，最后还会切掉对方的一根手指，作为血腥的报复。古了义勾结当地官府，联络獠獠，贩卖瓷器、儿童和虎皮，还曾充当海盗抢劫过倭人的商船，杀人越货，鱼肉乡里，一生作恶多端。但沿海一带渔民皆尊其为异人。唐景宗天佑年间，古了义最后咽气时，才从怀中掏出那根随身带了几十年的断指，对最贴身的徒弟说："吾本为婺州俱胝禅师门下断指童子。吾死后，此草堂便是空门，断指即为偶像。断指指处，吾曾藏有金银珠宝，尔等日后可为建庙之资。古往今来，一切信吾指者，可以在此对吾断指磕头为僧，接受四方鬼神与众生之供养。"言罢，古忽然投断指于地，令指尖朝向东南，旋即坐化而逝。后三日，断指堂的门徒们按照古所投断指之方向而寻，在崖州某岩石下，得其所埋黄金数百两，皆为古历年抢劫搜刮所得。断指庙遂得以建成。

后造神时代

东瀛玄学研究者宣称：至2085年时，全球各方秘密教团及异端思想家将制造新神、新鬼、新妖、新教主、新偶像、新图腾、新合成金属机器生物、新蒸汽朋克、新拜物教、新恶魔主义与新地狱形式等，约1237种。世界将进入后造神时代。

轮蹄

晋绥有异人名田敢，集动物残骸造一车：其车头可嘶鸣，车身由上千白骨架构，车轮则小如马蹄。驾此车行，其速慢若黄牛，令人发笑。唯遇沟壑、激流、断桥、山岩等时，此车却能一跳而过，如羚羊麋鹿之敏捷。

煮山先生

陕南有野道士，名"煮山先生"，善以水火烧万物倒影。每年入秋之时，先生便引山上雨水绕山而下，于山脚处蓄成一方池塘。再砍干柴数百斤，挖池边之土以为洞，洞中置柴点火。烧一日后，便能见池塘之水逐渐滚沸，蒸汽升腾如雾。山的倒影映在池塘水中，如肉化在锅中。两日后，则见倒影中的山上飞鸟，纷纷从树梢间落下，仿佛被烫死。三日后，山中一切虎豹、豺狼、毒蛇、山羊、鹞鹰与兔子等也都被浓烟所熏，从森林的倒影中跑出，四散而逃。有被池塘烫死在水边者，煮山先生便从倒影中拾起其尸体，或祭祀，或埋葬，或烤食，或放生。倒影永远都有。而山中真实的飞禽走兽也并未受伤害，永远都活着。

瘦王瞿三里

郎中瞿空竹，维州人，生于 1962 年，以干瘦闻名乡里，人称"瘦王"。其身高五尺，上秤却不足三十斤，皮包骨头，身轻如纸，状若骷髅。传闻其曾因失恋，从悬崖上跳下去。但因身太轻，竟被半空中的风托着吹了起来，飘到三里之外的地上而不死。醒来后，瞿将恋爱的痛苦忘掉了，于是得绰号"瞿三里"。因其善针灸，结合腧穴学，于是维州悬壶行内有言曰："手三里治牙疼，足三里治胃疼，瞿三里治心疼。"

鬼梳尼

民国时期陈州妓女顾宛，某日与狎邪嫖客睡，弄得云鬟蓬松，柳残花败。到入夜沉睡时，已疲劳如死，恍然无知觉。晨起，则见一头乱发已被梳得整齐清雅。对镜自照，姿容端庄。问身边之人，并无谁进过其屋，故自云："有鬼梳头。"后此事多发，先是数月一次，再数日一次，最后连续每日皆发生。

所不同者，头发日渐稀少而已。至 37 岁时，顾已半秃，只能靠戴假发接客。然顾偶见镜中凋零红颜，忽然伤感不已。想到既然自己已光了头，不如索性出家为尼了事。后陈州孩子在街头曾遇其下山化缘，便呼其为"鬼梳尼"。

旋转门

民国十七年（1928）夏，上海法租界餐厅有一道旋转门，连续四日，有数人从此门进去后，随着旋转而消失。门外门内皆不见踪影。租界巡警绕门而查，亦毫无线索。后偶然于玻璃与玻璃之间曾见夹有一截旗袍之衣角，恍若其中有人。捉去角，则缩入门缝中不见。

国语（一）：夹角

从前有一个国家，它的每条街都是由无数个夹角组成。街中央并没有一条直路，而是无数的弯路。在弯路与弯路之间，就形成了夹角。国人都躲在角落里生活。有些夹角很小，阴暗潮湿，狭窄憋屈；有些夹角则稍微大一些，宽敞舒适，空气也好。住在小角的人自然总是想到大角里去生活，他们之间为了争夺走出夹角的机会，便互相排斥、猜忌、利用或者拉帮结派，明争暗斗。等想走的人一离开，剩在小角内的人便迅速霸占了夹角，锁上了门。而大角内的人本来就很不愿被新来的小角之人拥堵，也在不断地给过去宽敞的夹角安上门，门装了一层又一层。这样一来，大街上的无数门就形成了更多的无数个夹角，因为门本身就是占用空间的。门外、门内、门缝和门后都住满了人。这个国家几乎没有音乐，整天都是开关门的嘎吱声，或刺耳肉麻，或震耳欲聋。有些门的夹角实在是太黑、太小、太尖了，以至于很多居民被挤死在里面，也都无人知道。

国语（二）：幽兰

司马迁云："左丘失明，厥有国语。"（《报任安书》）因左丘明父子皆为鲁国左史官，姓丘，名明。他写《左传》时目力尚好，撰《国语》时则已失明。在先秦，盲人瞽者，也往往同时是史官和乐官。如《周礼·春官·乐师》云："瞽蒙掌播鼗、柷、敔、埙、箫、管、弦、歌，讽诵诗，世奠系，鼓琴瑟。"所谓"世奠系"，就是修定诸侯世系之历史。左丘明不仅是个史学家，还是个盲人音乐家、琴家。由此，我不得不论证：现存于日本的，最早的唐代中国古琴文字谱手抄卷子《碣石调·幽兰》，作者署名为"梁，丘明"撰。此丘明即左丘明。历代琴谱很多曾传说《幽兰》为孔子所作，那只是混淆了他们两人当时都在鲁国为史官且同朝议政，互相支持，又一起参与了对《春秋》的修订和补充，所以用"幽兰"把两个人在精神高度上联系起来了。加上两个人的姓名中都有一个"丘"字。孔子还曾在自卫返鲁时有过一次著名的《猗兰操》之叹（见蔡邕《琴操》），所以混淆二曲也是很容易的。文字谱《碣石调·幽兰》手抄卷子自民国浮现后，因篇首的名字很清楚地写着"梁·丘明"，作者便又都认定在了梁人丘明身上，说他是南北朝人。但整个南北朝史料中，根本查无此人。且此梁就一定是南北朝之梁朝吗？为何不能是先秦的梁国呢？众所周知，春秋时有好几个梁国，一个是东梁国，在陕西；一个是南梁国，在甘肃；而齐鲁这边也有一个著名的梁国（今河南开封一带，因国都大梁而名），是魏国的别称，与鲁国山东紧靠为邻。自古"鲁梁"并称，从先秦及汉，便已成定式。如《管子》云："鲁梁之于齐也，千谷也，蜂螯也，齿之有唇也。"左丘明的身世一直是个谜。他在鲁国为左史官，既然有资料说他的出生地是在曹国（在今山东菏泽陶县一带），但难道其祖籍（或当时出生的故乡）就不可能是梁国吗？那时各国之间起用"客卿"（即聘用别国之人才为官），是非常普通的一件事。所谓"楚才晋用"。故左丘明在《左传·襄公二十六年》中也曾说道："晋卿不如楚，其大夫则贤，皆卿材也。如杞梓、皮革，自楚往也。虽楚有材，晋实用之。"另如《幽兰》文字谱前言中，说丘明"妙绝楚调"，也算是透露了一点类似的秘密。否则，此曲明明是一首以鲁国儒家精神为依托的琴曲，与楚调何干？至于序言中，说到丘明是梁代会稽人，经过了陈朝，以及到隋朝初期才去世等等，很显然是唐代之后一些不知情况的琴人或抄写者加上去的，皆为无稽之谈。首先，丘明自己不会称自己为"公"，也不会预言自己何时何地死。如果是他的弟子传抄，那又怎么会说"无子传之，其声遂简耳"呢？可见是后来人（譬如他就是陈朝的王叔明）无法解释此谱的来历而编造。此人或许从不读书，或许一时不知有左丘明其人。即便知道，若说是左丘明所写，也怕没人会相信。这对此人以此谱来炫耀自己的正宗师承显然不利。于是便杜撰出了前朝有个隐居于九嶷山的绍兴老者叫丘明，以此证明自己的琴学、谱学之传承是直接来自某个高人琴师罢了。又见琴谱有四段，想到魏武帝辞中有《碣石篇》，该诗分四章，于是便又胡乱加个"碣石调"。调式专指琴曲在音律上需要变调时而言，岂能用段落来定调式的？就连《广陵散》那么多故事，也只是叫"慢商调"，也就是具体指出要慢松商弦（二弦）。自古琴曲调式中也从来就没有"碣石"这个调式，可谓孤证不立。综上所述，我认为《幽兰》一曲原谱作者，极可能为先秦左丘明。也就是说，这首最古老的琴曲，其作者和撰写《左传》与《国语》者乃同一个人。这是左丘明现存的第三部作品。因他失明之后同时是史官和乐官，在退归乡里后，依然在做着类似的事。先秦尚无减字谱。丘明在撰写《国语》时，也同时用文字的方式写下了这部琴曲，也不是什么奇怪的事。丘明的目的旨在赞颂同朝好友孔丘思想中的"幽兰"精神。而且此谱历代被传抄，被误读，被篡改……一直到了唐代，从遣唐使手中流传去了日本。幸运的是，文字谱上仍然保留着他光辉的名字。

注：《碣石调·幽兰》文字谱唐人手抄卷子，现藏于日本京都西贺茂神光院，晚清考据学家杨守敬 (1839—1914) 于光绪年间访日时发现此谱，将其影摹后带回。1844 年收入《古逸丛书》出版。其谱序言原文云："丘公字明，会稽人也，梁末隐于九疑山，妙绝楚调。于幽兰一曲，尤特精绝。以其声微而志远，而不堪授人，以陈桢明三年授宜都王叔明。隋开皇十年，于丹阳县卒。年九十七，无子传之。其声遂简耳。"

国语（三）：鼻祖

1959 年夏，东南有大山忽陷盆地，露出两个巨大的地洞。其洞黔黑阴森，似深不可测，直径有三五丈。洞中多枯藤毛草，状如人之鼻孔。每逢烈日当空之时，便有白气从洞中呼出，如烧荒之烟。白气过处，飞禽走兽皆不繁殖。进洞者皆失踪。西汉蜀人扬雄《輶轩使者绝代语释别国方言》曾云："凡人怀胎，鼻先受形，故称始祖为鼻祖。"当地人谓此山乃上古人类发生之地，周时曾有国，称为"鼻国"。

国语（四）：缰绳

古时有国，名匹。因匹国的国境线和版图始终靠马匹在奔跑时的缰绳而定。缰绳所到之处，则举国移动。缰与疆通，故匹国人称其边界为"边疆"。

镇纸

清末关西芦村秀才李矛，家有祖传黑檀镇纸一对。李书画之时，压住纸北角，则村北有事；压住纸南角，则村南有事，且所发之事非奸即盗。不用则不发。李矛以为此物不吉，投之于芦村外西水之中。然三日后，芦村西山则发生大崩塌，悬崖断裂，泥石流压死村民数百人。李矛以为此皆乃自己弃镇纸之罪，遂亦跳入西水自戕。

披风与头巾

古波斯拜火教徒曾有披风和头巾，以狼毛编织。不洁女子若以此罩袍，则痛苦不堪，如坐针毡。有朱门之家特以此披风与头巾管制家中犯淫乱的妻妾。遇有出轨不忠者，即令罩袍。数日后解开，披风与头巾中的女子已化为满身皱纹的佝偻老妪。

拉链

1985 年，汉阳人刘莎濛曾买从东欧跳蚤市场走私进来的牛皮夹克一件，其夹克拉链为俄罗斯黄铜所制。刘穿在身上，拉开拉链，则觉肚皮间一阵剧痛，如被利刀切割。合上拉链，疼痛则消失。刘恐惧，后给夹克换上了一条普通塑料拉链，此事方休。

御兔：康熙天朝永动机（一）

康熙年间，玄烨曾命内宫异人与西洋传教士南怀仁合作，曾制成一架秘密的金属齿轮永动机，安置于紫禁城太和殿地基下，名之曰"御兔"，据说有此机器，天朝作为国家机器，便能永远转动下去，万世不停。康熙制作这个机器的想法，本来自唐人类书《兔园册子》。此书又名《兔园策》或《兔园册府》，本为民间私塾蒙学读物，传为杜嗣先或虞世南所编撰。一般以为，此多浅薄之语，不足为论。但只有五代时后汉兵部侍郎刘岳知道，此书实为道家的一部秘籍。当时，此书为历朝元老政客冯道（882—954）所藏，视为镇宅之宝。某日，书竟不翼而飞。冯当时已被后汉皇帝刘知远封为太师。上朝时，冯便几次回头看刘岳，疑书为其所盗。刘岳却讽刺道："看来冯太师的水平是离不开私塾的。"此书遗失后，世间很难见到。据有看过者云，此书并非蒙学。蒙学只是其表面文字。其中所绘制的图表，实际上是虞世南等人所编撰的"御民之法"，在每个典故与典故之间，字句与字句之间，都涵盖了对帝国儿童的洗脑术和机械思维，目的在于让所有帝国的臣民自幼便成为他们预定好的那种人。

御兔：康熙天朝永动机（二）

据闻，康熙时来华的比利时传教士南怀仁（1623—1688）在寓所病故之前，曾向有恩于他的康熙献上自己的"御兔"

图纸。南怀仁擅长天文历法和铸造枪炮机械，监制了观象台，著有《康熙永年历法》《坤舆图说》和《西方要记》等书。他是康熙最看重最信任的洋参谋，也是康熙的自然科学老师。但鲜有人知，南怀仁早年在欧洲时，曾学过西方炼金术和玄学，他得知《兔园册子》之后，便终生都在寻觅此书的残本、资料和散见秘籍。南怀仁认为，如果将"兔园策"中的精神和图表，按照西方机械原理制作出来，再结合中国的风水学、玄学和宅学理论，安置在紫禁城的秘密处，或许能让这个远东的大帝国永驻。为此，南怀仁呕心沥血，将自己一生所学都倾注在这份图纸中。南死后，图纸被康熙交给主管内宫建筑的工匠异人商约，商约便按照图纸准确地制作了这架机器。此机器其实并不大，体积只有一二立方米，形若狡兔，色黄，有一对青铜制的长耳朵和极端复杂的全金属内脏器官。在内脏器官中，南怀仁设计了一台永动机，可以不分昼夜、分秒不停地运转。所有关于帝国的道术、箴言、手段、学说和咒语都镌刻在无限滚动的器官活叶里。南怀仁还运用早年熟知的西方中世纪巫术，为"御兔"施行过祭祀，令其产生一种声波，南怀仁称之为"跳魂"。然后，商约将其埋藏在了太和殿地基之下，其角度与太和殿前的汉白玉日晷正好相反。因日晷代表的是帝国的时间，而"御兔"则代表帝国的空间。每日子、午、卯、酉四个时辰，当日晷上铁针的影子在日光或月光下走到极端时，时空交错，"跳魂"之声便会穿越紫禁城下的大地，从帝国权力的中心向四面八方辐射出去。以此，"御兔"便能完成对天下的统摄。但康熙忘了，南怀仁还有一个身份，是天主教徒。所以，"御兔"的耳朵始终朝向耶路撒冷的方向（我始终怀疑这是不是清朝灭亡的原因？因革命党人多为基督教徒）。后来清朝灭亡，袁世凯还曾专门秘密派人潜入宫中，掘地三尺，寻找"御兔"，但没有找到。民国后，据隐居在西山的老太监庞林儿说，1926年紫禁城发生那场蹊跷的火灾之后，为了防止宫内太监再盗取财物，溥仪驱逐了太监，又曾命人将太和殿地基下的一个奇怪的大青铜家伙（极可能就是"御兔"）取出，放在一只大云锦盒里。后来他带着这盒子去了满洲。据时任满洲国总理的诗人郑孝胥后来回忆：为恢复清朝元气，记得溥仪在祭天时还曾用过一个大云锦盒子，或为"御兔"所在，但不久盒子又失踪。一说为日本人所盗，一说为中国南方的天主教徒所盗。溥仪发现之后，曾感叹道："御兔回天乏力，吾大清气数尽矣。"此物至今下落不明。

头人

朝鲜山中"头人"。其人无身，无手足，唯有一头，以滚为走，靠亲友鼻饲水谷而活。

倾斜的约瑟夫·姜

约瑟夫·姜是捷克籍蒙古裔人，生于1938年，天生能倾斜而行。如果他在大街上遇到谁，不了解的人准以为他是个跛子，或者是用手在支撑着地，然而并非如此。他的身体可以向左倾斜56度，或向右倾斜64度（若是正面，那几乎是深鞠躬的角度）而保持平衡不倒下。如果有人把他端正起来，他反而还会发脾气。遇到此类事，也为了自嘲或讽世，姜的口头禅便是："老子就爱走邪（斜）路，正路就留给你们这些只会向前鞠躬或者只能向后撅屁股的家伙去走吧。"

芦妖徒

晋中人虞瑶善琴、书及针灸，课徒为生，门下有弟子近百人。某日与众徒在树荫空地上论道，隐约听闻群徒中有人窃窃耳语，不知所云。虞呵斥良久，耳语声仍不断。便起身，拨开群徒，往耳语处走去。但见徒中有一人，面若敷粉，身材干瘦，穿一袭黑色长衫，对虞微笑摇头。虞上前提其耳，欲当面教训，然其徒之身忽化为无数细小的白毛，随风而逝。虞视手中所提，仅捏着一枝芦苇秆。漫天飞散者，或为芦花也。

渡

黑海有大水兽，其头若彪，其名为"渡"，嗜食珊瑚、沉船或废弃钢铁，八手八足，手指与脚趾宽若船桨，指间有蹼。有俄罗斯潜艇曾遇之，以为敌舰，炮击之。渡仓皇而逃，沉入海沟深处不见。

亡国诗谶

吾友诗人沈某早年曾写有《亡国》一文，起首云："我某日醒来，忽见国家已亡，满街所走的都是从未见过的外人……"沈某后弃文从商，苦心经营多年，建起一座庞大之媒体商业帝国，雄踞南方。但2014年时，本如日中天的公司则因故忽然叫停。沈入狱，帝国旋即崩溃。此亦一诗谶乎？

狗腿子

1918年，广西地主孙与芹的家丁郭形某日见门前熟睡一童丐，眉目清秀，但浑身污泥，衣衫恶臭无比。郭以左腿踢之醒，叱令其离开。童丐亦怒道："凡夫俗子，竟敢搅我仙人梦。"临走时便朝门槛上吐了一口唾沫。入夜后，郭在关大门时忽为门槛绊倒，摔伤了左腿。数日后，其腿伤口处露骨弯曲，形如反关节。腿上逐渐生毛，指甲疯长如爪，状似狗腿。后国人俗称家丁为"狗腿子"。

殴祭

南美洲土著有风俗，名曰"殴祭"，即当男子死后，族人会将其妻绑在树上殴打，以此为向该男子招魂。据说殴打时其妻呼喊声越大，越凄切，死者的灵魂就会返回得越快。反之当女子死后，"殴祭"的方法也是一样。若死者无妻，或无夫，便会择其亲友中的一位来殴打。甘愿被殴者，终生都会受到族人的尊敬。不同之处只在于，殴打女子时通常用树枝，而殴打男子时则通常用皮鞭。

牝朝

武则天时期，因大周朝为女皇执政，故民间戏称其为"牝朝"。然而据咸阳人云，当年长安一带若有母牛被公牛所骑，则朝中必死一人。秦川内有敢饮食牛羞汤（即用母牛生殖器所烹饪之汤，与牛鞭汤类似）者，则满门皆死。

李贽剃须刀

清末，武夷山剃头匠董乃计，祖传有一把剃须刀，历代打磨，其刃已薄如蝉翼。每为客人剃须时，刃口中便有水出，其咸如泪，次日则生锈。磨之，泪不见。再剃又复出。董尝谓人言："我董家世代为剃头匠，子孙从未间断。此刀乃先祖为明人李卓吾刮脸时之物，后先生曾夺而自刎。因其上曾染先贤之血，故世代相传以为宝耳。"

三吟吊客

清末浙东有吊客，绰号"钟三吟"，自称来自鬼蜮。凡遇丧事，便亲临灵堂、棺椁或墓畔，无偿为未亡人吟唱古奥之诗。钟云："凡死者皆须听我吟诗，方能入土为安。一吟，则众人哭；二吟，则尸骨下；三吟，则鬼招魂。若未吟而葬，天堂不管，地狱不收，死者之魄必四处散游，终为孤魂野鬼，殃及后代。"乡党间有大户名王悯，其家世代崇墨子"明鬼"之学，不信钟三吟之言，以其为江湖骗子。后王死，家人拒绝钟之吊唱，其子孙四人则皆患有精神病，终日疯走不停，至 20 世纪 60 年代年老力衰而亡。

犹太电鳐

美国科罗拉多州有"机器坟"，纵横方圆数公里，堆满各个时期无数废弃的汽车、火车头和轮子、断裂的铁轨、生锈的机床、砸烂的摩托车、自行车、电脑残骸、钢筋、零件、电缆等，高耸如一座大金字塔。据看管人弗兰克（Frank Martin）云："此坟中有一种秘密的褐色生物，身躯如电鳐，靠食金属上的锈为生，通体臭不可闻。因它的颜色与铁锈太相似，隐藏在机器堆里，很难找到。我们都叫它'犹太电鳐'（The electric ray of Jew）。"

三角恋教派（一）

19 世纪前，在埃塞俄比亚与埃及边境，存在一种秘密宗教集团。据说他们是交叉传承了古希腊毕达哥拉斯教或欧几里得教异端，俗名"三角恋教派"。其起源大约是来自对三角几何的信仰和数字"三"的崇拜。这个教团本来是靠研究数学与几何为立身之本的，但在 1543 年后，却发展成为一个以三角恋为入教仪式的奇怪组织。其教团规定：入教者必须与教众形成三角恋关系，或两男一女，或两女一男。若有龙阳之好者，则三男亦可。不过三女则是不允许的，或因女子身体在古希腊时期始终被视为有缺陷之故。据历代教主诠释，以三角恋为仪式，是为了让教众更深刻地理解三角几何的不确定性。因为角度、平行线和定理等，其实是有变化的，就像人的情感。这个论断倒是十分接近后来的黎曼流形几何，因为它打乱了人的思维定式，从而接近了神性。

　　注：黎曼流形几何，即 19 世纪德国数学家、物理学家与几何学家黎曼（Riemann，1826—1866）所研究的几何学，他把曲面本身看成一个独立的几何实体，而不仅仅是欧几里得空间。简单地说，即如我们在一口凹陷平滑的圆锅里画一个三角形，这三角形的三边任何点都不能离开锅底双曲面。这时，我们便会发现这三角形的边无论怎么画都不会是直线（即罗氏三角形），它的内角和都永远小于 180 度，反过来看则大于180 度。当把双曲面一直舒展成绝对平面后，才会变成了传统的欧氏三角形。其他的几何图形道理也一样。黎曼的研究扩展了几何的空间概念，对后来的拓扑学、广义相对论等都有很大影响。

三角恋教派（二）

　　古叙利亚文献曾显示：三角恋教派在埃及发源，曾在十七八世纪之后试图向非洲全境产生影响。在该教教义中，无论是爱欲、移情、滥交、失恋或背叛，人与人之间的情感必须通过第三者来投递。凡直接在两人之间传递情感者，会被视为违反教规而遭到处罚。三角恋教派遵循一夫二妻制，婚姻之间的外遇被认为是一种修行。只是在外遇发生时，夫妇中的一方必须暂停其中一人的性行为，以始终保持三角关系中"三"的数量。而被停止的人，则可与另外的人发生关系，当然那也必须在三个人之间发生，以此类推。在连环恋爱者的关系中，三、六、九或十二，理论上是被允许的，但绝不允许在四人、七人或十一人等非三的倍数者之间发生。整个教团的人口繁衍也都遵循这个逻辑。但是人性和爱欲不可能这么公式化。在教众之间，历代不断都发生过几个人同时爱上一个人，或两个人同时爱上两个人之类的事。于是情感便与宗教产生了矛盾。不过，据说这种数字之间的模糊性，就像黎曼几何学一样，也正是他们需要修行的东西。到了18世纪末，随着拿破仑于1798年攻打埃及和马耳他之后，这个教派的主要力量被法国人摧毁了。原因是时任拿破仑科学顾问的蒙日伯爵（Monge，1746—1818），非常反感三角恋教派，认定其为非洲土著的异端邪教，是经典物理学与几何学的敌人。蒙日在当时的欧洲数学界是一代宗师，创立过绘画几何法，在微积分方面也颇有造诣。1792年蒙日任海军和殖民地大臣，1795年参与创建法兰西科学院。后来他认识了拿破仑，支持后者远征埃及和叙利亚的战略。在蒙日的选拔下，拿破仑当年派遣了一支代表革命与科学的部队，其中包括法国乃至欧洲最优秀的数学家21名、宗教与民间建筑师20名、博物学家和矿业师13名、地理学家13名、天文学家3名、火药制造师3名、文学家10名、设计与绘图师各8名、机械师10名、印刷工22名、雕塑家1名、翻译15名。其中包括科学家多尔米耶、德农，土木工程师列纳尔、热拉尔，自然科学家约弗鲁阿、萨文亚，化学家德科斯蒂尔斯、沙里皮、德里尔，画家杜贴尔特尔、列杜特，音乐家维奥托，诗人帕尔瑟瓦尔和热气球飞行员孔蒂等，试图向古老的东方传播欧洲文明，让埃及和阿拉伯人了解法国革命。但是在蒙日等人眼中，三角恋教派显然属于地方民俗和异端，是阻碍革命与科学的力量。于是法军挺进埃及后，埃及地区原始的事物全都遭到灭顶之灾。三角恋教派的人因其邪恶、荒谬乃至"有伤风化"的异端传统，以及部分教徒参加了反对法国大革命的运动，遂遭到拿破仑军队的屠戮。教徒被法国龙骑兵杀掉了十分之九，剩下的逃亡到埃塞俄比亚边境，19世纪后被消灭殆尽。

死亡整体论

衡阳人李越城曾试图凭借空想撰写一部书，书中收昆虫、动物及人物数百，皆由死亡连接。此书概述大约如下：某日，一阵秋风刮过山间，花朵枯萎。一片树叶落下时，藏在叶间的某只小甲虫也被吹落，然后甲虫即被路过的野鸡所食；野鸡不慎又被狼捕食；狼因争肉被熊咬死，熊则死于猎人的枪口；猎人因癌症死于医院，医治猎人的医生则在回家的路上死于车祸；开车的司机是一个刚行抢劫之人，不久死在同伙手里；同伙死于逃亡时与警察的枪战之中；警察因失恋酗酒，后在与情敌的打斗中意外死去；情敌为女人自杀，女人死于宫外孕手术时的过度麻醉，负责她手术的那个麻醉师则又死于恐怖事件；杀死麻醉师的恐怖分子死于阿富汗的一次局部战役；在战争中射杀那恐怖分子的人，则又死于美军的轰炸；那个美军飞行员回国后，死于艾滋病；而传染飞行员艾滋病的黑人同性恋者，则又死于一次意外的吸毒过量……如此等等。这个故事可以无限循环地写下去，仿佛《一千零一夜》。李越城之所以要写这样一部书，是想证明这世间每时每刻都有人在死。而且，一切死亡与死亡之间其实是难以分割、密切关联的。天地之间始终有一个大死存在。只因为我们一般只注意到了个别的小死，故而忽略了这大死的整体性。

断手镜

唐代敦煌人丁斐，乃汉羌混血。其手掌心无掌纹，光滑如镜。丁每日自观手相，掌中人影清晰，如临水自照。后有契丹国耶律王妃闻听此异事，欲求其手，派刺客杀丁斐，剁其手而归。王妃将断手插于花瓶中，每日对手梳妆，称之为"手镜"。然因丁已死，断手无血气滋养，掌中光洁日渐暗淡。越近一年余，不复能照矣。

细胞载体

据美国发明家、谷歌工程主管与未来学家库兹韦尔（Kurzweil，1948—）的最新预测，因为电脑和智能系统越变越小，到2045年后，最小的电脑已经可以与细胞的体积差不多，且可以植入大脑或血液中。这样一来，人类就基本上完成了自身的智能系统化，所有人都变成了外星人，而传统的自然生物人将会消失，或者说其肉体只变成一个载体。库兹韦尔是30年前成功预言今日网络生活和手机的科学家，也曾因《智能机器时代》一书而成功预言电脑战胜棋王之事。因此他所预言的30年后的世界也受到充分认同。

老阴洞主记

清末民初，渝州有恶趣者，名李鼋，嗜与老妇人交。自16岁少年时至30岁间，李曾勾引乡野老姬二百余人，与之有染。李常谓妇人为"洞"。有时街边有人问他去哪里，他便笑答曰："去老阴洞耍一下。"后大家便称他为"老阴洞主"。民国十二年（1923）夏，李在一次酒醉云雨后归家，途中于江边树下小解，意外被一道闪电击中，当场倒地而亡。后验尸官脱其裤，见其阳具边阴毛茂密，且竟根根皆为雪白银丝，闪亮如画中仙翁之须髯。后有熟谙本草悬壶之术者，以重金贿赂狱卒，阉割其外肾及皮毛，研磨为粉，卖与华蓥山道士，以为回春延年之药。道士们秘谓之"雪阳散"。

象与刑

浙西易家钱貌曾对我说："易之象、数、理、占，后人解释有错误。象不是卦象，而是指的刑，即刑名。因上古刑法都是用木头写上罪名，悬挂（即卦）于门示众的，以为惩罚之'象征'，故名象。八卦就是八种刑法，六十四卦就是六十四种刑法。即最初古人画卦，大多为了解决牢狱之灾。周易的原始目的不是为了化险为夷，而是为了震慑犯罪。"

闰秒（leap second）

人要守时，这是一个社会人最基本的品德和生存方式。但为了确定时间，世界上有两种时间计量系统：一种是基于地球自转得出的"世界时"，一种则是基于原子振荡周期确定的"原子时"。但由于测量方式不同，这两种时间计算法会出现一些差异。若不管理，五千年后，原子时会比世界时快一个小时以上。于是1972年，国际计量大会（CGPM）决定，当"世界时"与"原子时"之间相差超过0.9秒时，就须在协调时上加上或减去 1 秒（正闰秒或负闰秒），以尽量接近世界时，这就是闰秒。因为在被协调的那一分钟里，或者是只有 59 秒，或者是有 61 秒。协调闰秒，一般会在年中或年末的最后时刻，即某年的 6 月 30 日或 12 月 31 日的最后 1 分钟，将其拨正。从 1972 年至 2014 年的 43 年间，已有 26 次拨正闰秒。我生于 1972 年，今年 43 岁。也就是说，我在这个世界存在与生活的时间中，一共曾丢失了 26 秒，或被遮蔽过 26 秒。这 26 秒的日子到哪里去了呢？这 26 秒之中发生过怎样的事（须知很多关键的行为、语言、一念之差甚至改变命运的灾难，都会在一秒钟之间发生，更何况 26 秒？）我这一生还有可能将它们找回来吗？

日子的哑谜

据海子生前友人之一常远说：海子（生）死之日，即 1989 年 3 月 26 日为复活节（基督教以每年春分月圆之后第一个星期日，为耶稣基督之复活节），同时又是佛教观世音诞辰（每年阴历二月十九）。常远曾找了不少学生查阅万年历与宗教节日数据，发现查海生故意选定此日为自杀时间，是早已想好的计划。因从上一个千年至 2099 年，在一千多个复活节中，一共只有两个会同时包含东西方两位神祇，即"双重复活节"。这两天为 1769 年 3 月 26 日（见莱辛《拉奥孔》中给尼克莱的一封信，海子生前曾受此书影响）与 1989 年 3 月

26 日。前一个显然赶不上了。故"春天，十个海子全部复活"此句理念应是基于此：他必须赶上这一天去死（也就是从东西方同时复活？）常远与海子曾谈论过数学、诗、突变理论、神秘主义或量子力学等。因海子曾写过一篇关于突变理论的论文。他是如此在乎日子的极端准确性，以至于全都严密计划过吗？过去一千年有无双重复活节，不得而知。而查阅历法，我发现 2008 年的 3 月 26 日，阴历也是二月十九观世音诞辰，可惜又不是西方的复活节。如果是，海子便可再活起码 19 年，然后再选择生与死。

蓄意制造日子的奥秘的海子，有时也会是另外一个人。

如海子的另一位好友兼同窗孙理波先生云：海子那张躺在沙地上，伸开双臂的著名照片，就是他摆拍的。当时是因同去的朋友马泽（喆?）先躺在沙地上，做了一个牺牲的姿势，于是海子也照样摆了一个，纯属模仿。马后来出家为僧。海子右手里的那顶帽子不是他的，是孙理波的。据说他平时是个温和腼腆的人，绝非狂放之性格。他会关心拉奥孔、太阳、弑、金字塔、弥赛亚、死、灯、农业、新旧约全书、庄子、骆一禾、雪、刑天的头、祖国、太平洋上的贾宝玉、姐姐、麦子或维特根斯坦……但并非如某些人记述的那样，活得枯燥乏味，好像什么都不会。他也常出门郊游，每个月会在昌平影院看一两场电影，会借一辆自行车来骑；曾写了一首长诗送给孙；他桌上的稿纸总是整整齐齐，一如他门前墙角的二锅头酒瓶般规矩地码成一排。海子曾与常远住一个楼，与孙理波的宿舍也相距仅一栋楼之遥，大家便能经常在一起吃饭喝酒。海子并非不懂生活，他也会在电炉上做菜，如会炒一种切成小段的尖椒，味道也不错。直到海子死后，大家还会继续做来吃，菜名定为"海子辣椒"。

那么，所有的死与诗，到底是为了什么？只为了一个日子？

海子死于卧轨。诗人生前没有太多生活中的朋友，死后也基本都是误读。如常远云：所有喜欢海子诗的人，都喜欢的是他诗中的那些1.0（二三流作品），他的大诗才是2.0（可惜别人不懂）。因这些年，虽然海子是诗人，但最易歪曲（无论什么原因）海子的人，也都往往是些诗人。我也曾在某些著名诗人嘴里，听到过不少关于海子的负面之言。海子的死因有诗歌烈士说、失恋说、性压抑说、气功走火入魔说、西藏说、贫穷说、江郎才尽说等各种说法，莫衷一是。而有些人的说法与动机尤其可耻，这里就不复述了。因为海子的诗虽然现在看来的确存在一种"修辞落后"（我这么说绝非对海子诗有偏见，只是从汉语诗歌写作近二十年的进程而言），但他的死及他在20世纪80年代文化史中的符号性，是不能怀疑的，是应该被诗人们记住的。他的诗并不能完全解构他的诗。还原他作为20世纪80年代普通人的真实生活，而非演绎和传奇，有助于理解他的诗。

对死者不能神化，也不能妖魔化。这便是最起码的尊重。

162

人真是迷恋日子的动物。出生日、受难日、纪念日、休息日、无数乱七八糟的节日，以及祖宗或一个人最终的祭日……人类几乎所有情感，现世的或彼岸的，都会用日子的神秘性来代表，但日子本身也具有荒谬性。菲利普·拉金在其诗《日子》中所云："日子是什么？除了日子，我们还有哪里可住？日子就是教徒和医生，穿着白大褂，在田野上飞奔。"这种紧张的荒谬性，或许便是人对生日与死期的恐惧感吧。如查海生本生于1964年3月26日（一说为24日，但据海子母亲回忆，她自己也记不清具体是哪天了。也死于这一天），而杨典则生于1972年3月26日（但会一直活着）。然而这个日子真有什么特殊性吗？我并不以为然。弗罗斯特、丁度·巴拉斯、傅斯年与陈懋平等也生于这一天，而唐哀宗、魏源、贝多芬、鲁宾斯坦、惠特曼、特朗斯特罗姆、林语堂与聂绀弩等，也死于这一天。可那又如何？为什么一定要赋予这日子诡异的含义？一切在这一天出生或死去的人，请在梦中去诠释这个悲惨的哑谜吧。

卖魂

民国十二年（1923）冬，有人善卖魂。走乡串村，见有赤贫不能衣食者，即云："买你魂魄，拍头三下即可。"有愿者即被拍头三下，顿觉神清气爽，宛如出世之人。之后得钱若干，但却终生不能有一点主见。被买魂者大多对命运听之任之，对苦难逆来顺受，对死与性欲皆麻木不仁。

断流

南粤有枯山，山下有一小河，名渐溪，常年断流。每年只四月与八月间，偶尔有水从石缝中流过。其余月份，在上游、中游与下游之间，多干涸之地，无鱼无虾亦无水。唯有人若赤足涉之时，能感到刺骨冰凉，如浸在水中。

藏云油绢囊

藏光之事，并不少见于古籍记载。如房玄龄《晋书》中异僧佛图澄在胸前凿有一孔，可以借此孔之光看书。另如维克多·雨果《巴黎圣母院》中更是大肆描写欧洲中世纪僧侣在暗盒中收藏光的奇事。光也是物质，正如水，如气。而由水汽升腾而成的云，想必则更是可以收藏的了。但是藏云之事，却很少见载史册。其实中国古人大多认为云是可藏的，其状态类似今日舞台所用之干冰。只是云的体积太大，除了帝王之家，非普通人可以搜罗捕捉。如据《四库全书·史部·地理类·都会郡县之属·河南通志》卷十八记载：宋徽宗造园林艮岳时，曾经因觉得少了云霞之美，于是便敕令"造油绢囊，加水湿之，晓张于危峦绝巘之间，既而云尽入焉，遂括囊满贮。每车驾所临，辄开纵之，须臾，溶然充塞，名曰'贡云'"。可见云在宋代即是可以收藏的东西，可惜不知此油绢囊之具体制作法。

董嬾慢

明末冒辟疆在《影梅庵忆语·纪遇》中，形容自己最初见到董小宛的情景云：她"面晕浅春，缬眼流视，香姿玉色，神韵天然，嬾慢不交一语。余惊爱之"。可见嬾慢（懒慢）与少言寡语，是过去美人最动人的媚态之一。

足伤之梦

乙未年夏七月，我因出门不慎，足踝扭伤。卧床休息时，得一梦，见踝骨肿大，疼痛无比。忽然生疮，脓血溅出。用手挤压，不断有脓流出如牙膏状。最后仍不解脱，见疮口处仍有一物，便咬牙使劲将之抠出，竟是一只死去的蟾蜍（亦类似牛蛙）。因此猛然惊醒。视足伤尚未痊愈，但梦中之事令我恶心数日，不知何解。

点

人若伫立一处（水面与船除外）纹丝不动，达12小时以上，你的灵魂就会永远留在你脚下的那个点里。你离开后，点亦陷入土中，如灵魂入土，不可复得。

火化

皖南僧人尚可圆寂前，留有一言云："我火化时，一切不能到场的朋友，生前的交往都无意义，死后也见不到我。"至其焚烧时，山下忽然来了数千人，皆自称是尚可旧友。而尚可在俗家时原名罗晓得，家住罗村，自幼孤苦。村人回忆说，罗晓得出家前性格怪僻，常与人争吵乃至动手打人，从小到大，未曾交到过一个朋友。

附一：

日食表注疏
二十世纪中国人偶然行为卷宗

1901 年 11 月 11 日 16：56 日环食

太初全无一字，亦史耀彪炳。仅三天前，李鸿章因肝疾去世了。11 日这天，当太阳突然被遮蔽成一个圆圈时，两江总督刘坤一宣布改革兵制。刘曾与张之洞联名上奏《江楚变法三折》，使之成为晚清新政的设计者。他说，富强之道，茫如捕风击影。此刻，在江南，一个梳辫子的读书人正与娈童狎邪、吃豆、扎针灸、交换汗巾。突然，晴空一黑。他忙询问他的师傅："为什么太阳只剩下一个圆框？"师傅也目瞪口呆，无言以对。

1902 年 10 月 31 日 17：16 日偏食

本月，刘坤一死，而严复出版了亚当·斯密的《原富》。就在 31 日那天，天狗食日，关税率被定为按价抽取 5%。在南方，蝗灾遍野，广西"哥老会"大破桂黔官军。刘坤一晚年好道，死后追封太子太保，寂寞的男爵与山水融为一体。这天傍晚，在贵州，有个下围棋的秀才忽然发现，下围棋时，若太激动，可以让人当场毙命。秀才从此罢棋。

1903 年 3 月 29 日 08：31 日环食

本月，上海基督教神学博士马相伯与法国传教士一起创立震旦学院，而 29 日那天，科学仪器馆创办《科学世界》杂志。马相伯在病重时曾说："我只是一只狗，只会叫，可叫了一百年，还没有把中国叫醒。"这天，在南京路上，一条流浪狗被几个抽烟片的小瘪三当街打死了，原因不是它在教堂门口撒尿，而是那狗浑身是虱子，脏得没人要。

1904 年 3 月 17 日 05：03 日环食

月初，俄国军舰照会上海道袁树勋，于是被解除武装。17 日那天，天若古镜，宇宙晦涩，《警钟日报》公开招股。江西某举人在吃饭时咬到一颗石子，搞得满嘴是血。他为此并没有扔掉石子，而是收藏起来，供奉在祠堂里。他说，这是老天爷在提醒他，任何时候都不要忘记祸从口出，最好不要乱说话，包括吃饭的时候。

1907 年 1 月 14 日 15：03 日全食

13 日，反清组织日知会被张之洞查封，刘静庵等被捕。

14 日，当烈日被遮蔽时，刘便在狱中遭到酷刑，直到 1911 年夏天才被折磨致死。同日，会稽女诗人秋瑾创办《中国女报》并发表创刊词，呼吁闺秀、家庭妇女、学生与娼妓等一切女人，冲破网罗，绝尘而奔。但在绍兴乡下，乡绅徐员外的女儿正因多年痛经而在闺房满地打滚儿。徐家因一时买不到药为女儿止疼，只好请附近的张阴阳来跳大神治病。张阴阳是个江湖郎中，略懂悬壶之术，可有些好色，便猥亵了徐员外的女儿，即借切脉时，他趁机摸了摸徐家闺女的下身。

1909 年 6 月 18 日 05：49 混合食

这一天，王国维发表翻译了美国教育报告《论幼稚园之原理》。本月，洞庭湖水位再次上涨，使过去灾民、饥荒更加蔓延。前半夜，有个疯子在南京街头大喊：太阳是一锅粥，月亮是一碗汤。这个疯子于卯时死去。他是饿死的。

1911 年 10 月 22 日 11：12　日环食

本月 12 日，武昌起义成功，清朝灭亡了。22 日这天，有紫气东来，山阴路上，有一牧童吹笛，呼啸古意。清廷颁布罪己诏，袁世凯在手枪中复出并写诗。而在西安，新军混成旅一参谋长起义，整个陕北也宣布独立。接着长沙兵变、太原举事、攻占昆明，各地革命党风起云涌，自此天下大乱。这天之后连续一个来月，湖北吃面的人都很少。因传闻枪声一响，有二三位正在吃面的乡绅便受了惊吓，面条呛在了嗓子眼里，结果窒息而死。

1915 年 8 月 11 日　05：06　日环食

这天凌晨，夜深人静时，杨度灯下苦思：他要搞君主立宪制。三天后，洪宪六君子组成筹安会。一个叫李鸿宾的河南土匪，因与河南"白狼"起义军联合，于是被捕。此人一生横行在河南、湖北、安徽之三不管地区，杀人放火。但起义军要入川，李鸿宾不愿西行，便自带陈老九等兄弟千余人，盘踞在母猪谷里。日食后第二天，他便被枪毙。

1918 年 6 月 9 日　04：44　日全食

自上月鲁迅发表《狂人日记》后，得疯病的中国人便越来越多了。风闻苏俄革命，从 6 月 3 日开始，世界范围的流行性感冒也开始袭击上海租界和外滩。6 月 9 日下午，阴天，多云，有几千人都站在江边打喷嚏。这一现象意味着五天后，徐树铮在天津诱杀了直系将领陆建章，于是南北两军终于坐在一起，宣布罢战休兵。而此时，中国人还创办了第一个交易所：北京证券交易所。更多的狂人在要钱不要命中眩晕。

1926 年 1 月 14 日　15：58　日全食

元旦以来，国共合作，上海市场三家分晋，而张作霖与段祺瑞绝交。这一天，陈独秀秘密失踪了，很多人以为他被秘密处死，其实他是因患了伤寒病住院了。在扬州乡下，一位前清探花名苏宗者，年老体衰，因去村口买腊肉，不慎跌倒。正巧，隔壁邻居家的两头交配的猪跑出来互相追逐，当公猪追母猪时，猛地撞在了苏宗身上，令苏宗当场吐血气绝。

1926 年 7 月 10 日　05：35　日环食

前一天，革命军宣誓北伐。于是就在这天凌晨，日环食笼罩广州城郊，大军便走了山林大道之间。北伐军兵分三路，进攻两湖，直逼武汉，斜刺长沙。而在上海的餐厅里，美专师生正为一个女人体模特之事而争得面红耳赤。因前几天。她当众脱了衣服，露出乳房和屁股，跟学生们照了一张合影。

1929 年 5 月 9 日　15：23　日全食

月初，大同云冈石窟一佛头突然被盗，自此，砍断佛头盗窃案时有发生。山东军阀韩复榘夜宴妻妾，准备倒戈。9 日下午，在四川大足，有个曾参加过大革命的账房先生，忽然说他前世是个罗汉投胎，他准备去秦岭出家，不再搞革命了。但这个人后来被当作叛徒秘密处理掉了。据说他的尸体被找到时，也没有了头。

1931 年 4 月 18 日 07：35 日偏食

本月初始，何应钦对赣南进行第二次围剿，18 日那天，红军主力西进。而在武汉，仅仅六天后，上海魔术师兼地下党顾顺章叛变，出卖了恽代英及整个上海、武汉的地下组织，导致多人被捕。但在上海百货公司门口，一个租界巡捕和一个做鬈发的摩登少女纠缠不休，他非要说那少女的手提包里有枪，少女便当众打开请围观者们看：里面只有一支口红。

1933 年 8 月 21 日 13：53 日环食

这本是平庸、死寂和无聊的一天，中午，有个老头在北京前门大街上吃花生米，去大栅栏搓澡、喝浓茶。他发现两只民国时的苍蝇居然在盖碗茶的边缘交配，便预感不祥。果然，仅四天后，四川茂县便遭遇了强烈地震，波及全省，南北十余里全部凹陷，死伤无数。地震搅拌了岷江，水势倒流，周围皆被淹没，总伤亡人数在三万左右。而北方，黄河也忽然暴涨，山西、山东、河北均决堤，灾民数量超过 360 万。

1934 年 2 月 14 日 07：43 日全食

上海《新生周刊》创刊，但同时，有 149 种图书遭到查禁。五天后，蒋介石演讲发表了《新生活运动之要义》，他说，中国人始终不能获得平等，是因为大家都不能像古人那样衣食住行，也不能像洋人那样合乎礼义廉耻。14 日，天津的街头很乱，有四五个帮派的混混在为一艘码头上的船吵架，决定按照帮会的规矩比江湖本事，决定输赢：最后吞刀伤三人，死一人，走炭残足一人，在油锅中捞钱废掉手臂一人。而船被官府没收。

1936 年 6 月 19 日 14：03 日全食

本月初，两广陈济棠、李宗仁、白崇禧等举兵反蒋，称"抗日救国军"。14 日，章太炎去世。日全食后仅一天，救国军便进入湖南、江西。在塞北，有些人继续写诗，并出版《塞北诗草》。19 日这天午后两点，在重庆，有个袍哥摇着蒲扇，正要去找他的姘头打麻将，但刚走到较场口的巷子里时，却被一个暗娼截住了。他发现那个暗娼比他的姘头更美，因为她的下巴上有一颗红痣。

1941 年 9 月 21 日 12：18 日全食

9 月 18 日，日军十万人攻陷长沙。21 日，一些天文学家则在甘肃东山与福建武夷山分别同时观测日食。自 9 点 30 分至 12 点 18 分，此次日食横贯中国八省，其覆盖面之大，是从明代嘉靖年间以来 399 年所仅见的一次。就在那时，一个前往苏州同里古镇去运送军火的青帮弟子，因为在乌篷船靠岸时，不小心崴了脚，就滞留在岸边一家酒楼喝酒。微醺之时，他忽然发现自己不想再过这种朝不保夕，随时都有可能被杀的生活了。但人在江湖，已身不由己，最后他喝得酩酊大醉，躺在路边呕吐、大哭，脏得还不如一个叫花子。

1944 年 7 月 20 日　14：22　日环食

本月，中缅印军总部派遣美军观察组到延安参观，而河南桐柏、遂平、唐河、沁阳、信阳与湖北随县等数万人暴动，国军二十八师前往镇压。在豫南和鄂北，水灾、蝗灾、旱灾蜂起，三百多万人流离失所。20 日，广州的天气阴阳怪气，热得像一个铁抽屉。在珠江边，有个失恋的女人投河自杀了，但当时没有人愿意下水救她。

1948 年 5 月 9 日　09：43　日环食

5 月 5 日，很多电报飞往北方，要求打到南京去。日环食出现时，在热河隆化的一个战壕里，19 岁的农村少年董存瑞，正在考虑如何攻打一座碉堡。16 天之后，他举起炸药包，拉燃了导火索，以自杀的方式终于炸毁了暗堡。

1955 年 6 月 20 日　11：58　日全食

6 月 14 日，毛泽东提议要把合作社扩展到 130 万个。前一天，我母亲刚过完十岁的生日。20 日那天，她开始关心天上的云、小溪的水和窗前的灯，她还在镜子里第一次感到自己是一个美人。而在门外，有人已开始第一次叫她"资产阶级小姐"。

1955 年 12 月 14 日 16：42 日环食

本日无事。只有我母亲在夜里暗自哭泣：因她想起了三年前莫名自杀的我的外祖父，这时她才十来岁。她发现月亮有时候是红的，太阳有时候是白的。

1956 年 12 月 2 日 17：24 日偏食

本月，广东有七万农民宣布退出合作社，并到社里拉走牛、猪或驴，私分社里的粮食并殴打干部。日偏食五天后，毛泽东对黄炎培说："可以消灭了资本主义，又搞资本主义。"但是这些深奥的哲学很难传达。在安徽农村，最让人着急的不是没有主义，而是没有咸菜和鱼。

1957 年 4 月 30 日 06：38 日环食

20 日，北京发出《国务院关于消灭血吸虫病的指示》，消灭 12 省的血吸虫。29 日夜，很多人上电影院去看《白毛女》，回家后彻夜不眠。第二天凌晨，就看见日环食出现在墓地上空，有人还看见一个右派拿着一朵芍药花在叹气。而我的父亲也在这年成了右派，他只能对着一卷无法演奏的乐谱叹息。

1958 年 4 月 19 日 11：10 日环食

4 月 13 日，《人民日报》发表社论"搞臭资产阶级的个人主义"。15 日，毛泽东撰写了《介绍一个合作社》，说"一穷二白，这些看起来是坏事，其实是好事"。本月，我的祖父也被打成右派，正在单位扫厕所。他发现厕所墙壁上的尿苔和石灰混合在一起，总能形成很多奇怪的图案，而且大多像一些人的脸。19 日，在四川长寿县（现长寿区），有人发现一根麦秆上，竟然长出了肉瘤一样的东西，不知为何物。村里有个算命先生，后来得了精神病。但知道后又说了句疯话：麦子长肉瘤，预示着天下的人这几年要死掉四分之一。

1962 年 2 月 5 日　　06：50　　日全食

上午七点左右，太阳、月亮、火星、土星、金星、木星与地球等排成了一排，聚于摩羯座。它们似乎已揭示出 19 天后病中的胡适将在路上突然摔倒，死去，但大家没有注意。大家只关心日食发生时的一些小事：如有人扔了一截烟头，有人对着雨水打瞌睡，有人在一口井里最后一次看到了民国的井龙王显灵。

1965 年 11 月 23 日　　11：20　　日环食

本月，江青、姚文元等批《海瑞罢官》，"文革"导火索点燃在即。23 日正午，日环食袭击了一个赤脚医生的听诊器，让他感到人的渺小。第二天，林彪题词："向王杰同志学习，活学活用毛主席著作，一心一意为革命。"但那个赤脚医生却被蚂蟥咬伤了。他的伤口是一个红色的小洞，很像婴儿的嘴。

他还说，他看见了那只蚂蟥的脸，长得很像地主。

1966 年 5 月 20 日　19：26　日环食

四天前，《五一六通知》下达，"文化大革命"开始。18 日时，便有一些作家因被宣布为叛徒而自杀，成为"文革"第一批死者。日环食开始时，已黄昏，大街上有个人在狂吃烧饼。但当时没有一个人注意太阳的变化。九天后，红卫兵横空出世，横扫一切牛鬼蛇神。我父亲在重庆，也被剃了光头，在操场上被批斗。据说，那天夜里他睡在一打半米厚的《参考消息》的报纸堆上，彻夜哭泣。等早晨醒来一看，报纸堆全都湿透了。

1978 年 10 月 2 日　15：23　日偏食

太多往事俱成空，这一天，世界是麻木的。日偏食时，河北任丘出现了一座油田。这一天我已六岁半了，正站在四川会理县乡下的一座小学堂门口，和班长打架。我是偶然去乡下探亲，才上了半年学的。也许正是那天，我还偶尔抓到过一只青蛙，把它放在乡村医院的热水管道下烫死，并觉得很快乐。我还发现蝴蝶很像女特务，公鸡像伪军，祖母家门前的一棵石榴树一到晚上就像个默哀的幽灵，而蜈蚣被抓住后则像画报上的那些小资产阶级知识分子，会被吊起来当药引。

1980 年 2 月 16 日　　18：33　　日全食

这一年，中国已生下太多的孩子，人口急剧膨胀。2 月 16 日那天黄昏，有三只蝙蝠冲进我家的屋檐底下，盘旋了一阵，又分散飞走。我和一群重庆歌剧团院子里的孩子，跑到池塘边去捞鱼虫，将我家附近兵站池塘里的密密麻麻的亿万鱼虫，一网打尽。

1981 年 7 月 31 日　　11：13　　日全食

这一天，满大街都是个体摊贩。湖北沙市（今荆州市）成为第一个进行经济体制综合改革试点城市。这年我九岁，放暑假了。在我们院子里，很多人都睡在露天的地方，有凉席、凉板、凉棍。一个院子睡得下一百多人。夜里，孩子们就聚集在一起讲鬼故事、吃西瓜、喝酸梅汤或溜旱冰。为此我还曾把手摔脱臼过。而 31 日那天，有个孩子在往院子的围墙上钉钉子，结果却敲到了自己的拇指，鲜血直流。据说那面墙壁里，就住着一个鬼。

1987 年 9 月 23 日　　09：56　　日环食

本月，有 19 个考察员进入塔克拉玛干死亡之海，采集到动物标本 19 种，发现动物 37 种，还有古代陶片、念珠、武器等人类活动之遗迹。而香港总督卫奕信也在日环食的这天访问北京。但当时，也就在太阳被遮蔽的那一天前后，15 岁的我，正好坐在重庆一个朋友家的露台上，写下了第一首后来散失的少年诗：《溺水者》。后来我才知道，凡是在日食当天写下的文字，都会丢失。而且那天你挣到的钱，都会被骗走。你看过的书，都会忘记。而你爱上的人，也都会分手。

1988 年 3 月 18 日　09：36　日全食

14 日，南沙群岛发生了 28 分钟三一四海战，但有 140 个城市被划入经济改革区。这一天，有跨国之人将毒品藏在锦鲤中，带入上海虹桥机场，第二天被发现。18 日那天我做了一个梦，梦里我是一条鲨鱼，在南沙群岛的大海中袭击渔民。我能自由地穿越太平洋，可以去任何国家遨游，并不需要飞机和毒品。

1992 12 月 24 日　07：11　日偏食

本月，中国艾滋病人激增，股市风暴席卷深圳。日偏食出现的前一天，因法国出售 60 架"幻影"战斗机给中国台湾，中国关闭了法国驻广州总领事馆。我当时正好搬家，住进了前门的一条狭窄的胡同里，那胡同里有市侩、骗子、瘸子、窝囊废、白痴病人、老妪和片警……他们都上同一个公共厕所。尤其 24 日那天早晨，我在那没间隔板的厕所里，看见了一排身份、服装完全不同，但屁股和表情则完全一样的人。

1995 年 10 月 24 日　12：10　日全食

这一天，云南省武定县发生 6.5 级地震，宏观震中位于武定县发窝乡芬多村附近，极震区烈度为Ⅸ度。这次地震造成 53 人死亡，13903 人受伤，其中重伤 815 人，轻伤 13088 人；直接经济损失 7.799651 亿元。但当时我正在北京陷入悲伤，不是因地震，而是因我舅舅死于 21 天前，我难过没有见到他最后一面。24 日这天，他的肉体埋在浙江瑞安的乡下一座墓园里，正在腐烂，而他的灵魂则埋在我的屋子里。无论我的家搬到哪里，都会带着他的魂魄与我同吃、同睡、同爱、同写作。我的存在便是他的灵柩。

1997 年 3 月 9 日 08：24　日全食

　　这是 20 世纪最后一次日全食。月球运行到日、地中间，与彗星交汇，挡住阳光。本次日全食发生于俄罗斯斯比克以北，新疆阿尔泰地区，扫过蒙古与漠河，最后结束于北冰洋。我于这一天决定东渡蓬莱。几个月之后，当我坐的飞机向东飞跃海岸线，在那一瞬间，我发现了这个文明的局限。但发生日食那天上午，我还在北京南城胡同一间黑暗的斗室里打坐。昏沉中，我看见腐烂的墙壁上出现了一张奇怪的人脸，而且表情十分愤怒。但当我翻出相机，试图拍下他时，那张脸却又渐渐地消失在斑驳交叉的石灰划痕中。

1998 年 8 月 22 日　08：35　日环食

　　这一天，洪水淹没了半个长江流域。但当时，我身在另一国度，在另一种语境之中。虽然千千万万的人正在死去，但一切似乎便与我无关了。记得22日那天，我在岛上一觉醒来，竟意外发现：月光是反的，雨很烫，一朵花的花瓣多于辞典，全部的异端思想都会被锁在一碗茶中。而当一个中国人不在中国时，他却更像一个中国人。

2010 年 10 月 11 日 北京

注:本文的日食时间，全参照《20世纪中国天文学资料汇编》之记载，并无虚构。

附二：新清平山堂话本

昏君簿
—— 一册孤本的残页

不久前，我在一旧书铺中偶得一孤本之残页。此书其残无比，枯黄剥落，只剩下了二三页文字，且边角缺损，上有虫蛀、污痕、墨迹……无封面无封底，却甚奇怪：因其用的是极纤细的毛笔书写，但用语现代，笔迹潦草，不知谁是撰写人。唯页边处有三字"昏君簿"，大概为书名。页眉批处还有一行红墨日期："阴历己巳年四月三十甲午子时至五月初一乙未寅时撰"。看来这是很多年前的事了，不知寓意。不过文章总是独立的，也不应该用具体历史去扼杀它的时间。前人文章，虽残缺，部分脱落模糊，然我亦珍惜，未敢乱动一字，惶恐私藏，尽数抄在这里，望与天下学人书痴共飨之。

建筑是帝国的骨头，是一个农业民族的残骸。

我从小就生活在一幢"国"字形的大建筑里，以宫娥为肉屏。

但人是不重要的，重要的是美。历代的人们如牙，

——脱落死去，而美感却似舌独存。

一天，敌人的旗：一滴飘动的血——突然来了。旗下是啸聚山林的贱民。贱民们怎能理解：整整三千年了，我都在这建筑里回旋。我的窗扇从敦煌佛窟一直敞向东岳溶洞，群峰如柱，浑然天成，阁楼悬挂在晚霞上。我住的房屋一间与一间不同。我用胭脂作油漆将门楣涂抹。广罗天下妇人的皮肤充当灯罩，帘幕，帷幄。每日用人乳沐浴。我喜欢不断变换行房的姿势，我总是随便凌迟幕僚的皮肉；我渴望当叛军的铁骑挺进我的后花园时，与烈性的群妃们最后乱交，然后投水自缢；我沉醉的嗜好永远是射精、写诗和屠戮……

我要满身丝绸，弹琴泼墨，藐视你们的科学。
我宁愿在内宫的香囊里发霉，也歧视集体。

超越法律，超越版图，超越血与雏菊，我只关心：锦衣玉食。那些人们习惯称之为封建的东西，对我正是纯血统的绝对美。在暴力与美人的巢穴中，我渐胖，并无所谓抱负。与中古以来的众多进步的人想的不同，我崇拜——一切落后的神。

除了肉体的生与死，人与人是不平等的。

绝不能过喝粥，看报，或带孩子的贱民生活。

我天生就应该是一个劫数。千万不能同情弱者。

弱，是一种阴谋。劳动可耻。

对于我：亡国是绚丽的。

看，贱民们举起的双手有如墓碑：他们的头是碑与碑之间的荒丘。一个癫狂的混混儿怀抱白旗，跪在巨大的城门口。他身后跪着千万个模样相似的布衣黔首。哦，这就是帝国往事的精髓：盲流。

黔首们排着队，接受我的审判。于是我挥了挥手。

我挥了挥手：天黑了，宫殿前有一颗头，一本书。

这个远东大国萎缩了——在亿万贱民的手里，成了块腐肉。

我听见大路上有人云集痛哭，声震山林，但只闻其音，不见其形。晚霞如一道伤口的血线，残酷地绷紧在天地假肢之间。

光骑着日球，踢踏黄道。云的尾巴摇摆着，驱赶苍蝇似的军用直升机。子夜，弹如雨下，爆炸泛起的酒窝表现出恐怖的妩媚。投降是温暖的，卑躬屈膝犹如浪子回家，官方的道德庇护弱小。"投降吧！"天上有声音高喊。这是民族的哲学，小人的哲学，东山再起的哲学，绵里藏针的哲学，肚脐以下的哲学，酒肉的哲学，明天的哲学，请客吃饭的哲学，春药的哲学……。但我厌恶哲学。

为什么历代成大事者都要从哲学开始？

哲学根本就是排泄。

与其哲学，不如恋爱。

（此处缺损一角）

那天，天开始下雨——那雨水十分黏稠，状如精液。

那天，大地如同被强奸后一般显得盔歪甲卸，花残柳败。

那天我挥了挥手：天就黑了，宫殿前留下了一千颗头和一本书。

我从宫里战战兢兢地走出来，踩着满地的人头行走，瘦如一个妖媚高贵的骷髅。贱民的头星罗棋布，点缀大地，犹如黑白围棋点缀棋盘……树上的木笼里，一个悬挂了十年的头见我来了，还须眉皱起，在风中飘动，栩栩如生，似乎没有死透。而无数侍卫、奴婢和铁甲军队见到我，都纷纷下跪。我平伸双臂，接受万众的叩拜，莫大的快感使我下身坚挺。他们下跪的姿势起伏翻滚，黑压压盖满广场。

一朵云忽然在宫殿上空死去，尸体落到华表上，发

186

出刺鼻的气味。

　　我拣起那本唯一的书,帝国的书。书已经浸满了血浆、脑髓和泥土。我翻开书，雨点打在书页上，冲洗着污秽。我逐渐看清那书中所有的字。

　　所有的字都是一个字：命。

（以下全部散失）

2003 年冬　北京

丑身

你是我的如花闪电，我的三年泡影。

你是我意志的千手观音，我的度母，我的如意。

我之所以这么说，是因为我随时感觉着你的神秘。该把你写成哪种书呢？笔记、志怪、诗还是教义？你的原形究竟是什么——石头、蝴蝶、植物还是声音？修远颐真，绝静孤冷，美姿色而多异能。你的存在像是一个中古异人，大漠啸翁，孑然一身独步在我内心的帝国中。

但谁都难以想象，你是一个典雅的姑娘。

你的闪现，有如一星为我而飘然于尘世间的神性脂粉，点染灵魂，熏香山水……你是对我生命与音乐的诠释。

应该说，你早在我血液里，长年日用而不知。

应该说，你就是我的分身，我的阴性，我的幻影。

你不是突然"出现的"，而其实始终就是"我的"。只是在一个特殊的冬日偶然来寒暄问暖一下而已。

如是我闻：你是一个宗教。

对于过去的我，这宗教就是爱情。

如是我闻：人往往忽略生活中的一些致命的细节。

　　如是我闻：古代传奇野史中充满了各类琴精，且多为女性：如《琴史》中的毛女、《埋忧集》中的穿云、《夜雨秋灯录》中的阴姬、《情史》中的麻姑妹等。其实这些人物都是历代士人为自己生活中所遭遇过的女琴人所写的神秘传记。

　　你对于我，或者就成了内心琴精的化身。

　　我一点都不怀疑你灵魂的性质、寓意与象征。

　　长夜托志，唯有琴书，血泪呜咽，只染七弦。过去近我者，烟消云散；唯利是图者，斗转星移。众人中，除几个交心知己外，少年时代喧嚣鼎沸之势，早化为泡沫……人年纪越大，所有的往事就会越凝缩为一团，一个整体，一阵迷雾，而且越缩越远，越缩越小。

　　但是忽然，这往事中就诞生出你来了。

　　你是我的"过去佛"。

　　当然，你也是我的"现在佛"与"未来佛"。因为我的现在总是和你生活在过去，而我的过去总是和你预示着未来。

　　可是折磨我的永远是过去。"过去"像一条逃亡的舌头，随时准备告别我的亲吻，不时还回头留恋一阵我的追逐，然后又返身而去……在它逃亡的路上，我的血液滚烫得可以煮熟风景。我觉得整个肉身都在加速度向着少年时代回光返照，虽为尘世，却如跏趺端坐于空山野寺，看晚霞漫流，苍鹰盘旋，雨打猛石，其中有无数玄妙静默，万千飞花烈焰。

"过去"也像一只手。你冰冷的手。它死死地掐住了我的脖子。

就算如此，我抚摩了你的手——"犹如悲剧抚摩了剧场"。

还记得吗，在《大日经》里还有一个"秘密主"，为金刚持，总向佛陀提问。秘密，就是一种内向的智慧。我与你的对话，就总是围绕着一个秘密而展开，无论是谈诗、琴、生活、性、暴力，还是艺术与爱情。就像当初高僧莲花戒与摩诃衍的争执那样，我们曾整夜地说话，辩论，倾诉……

而我们说的一切，全在秘密之中，永远也无人知道。

因为连我们自己都忘记了。忘记——是最伟大的保险箱。它能将我们生活中发生的一切，哪怕是最自然的东西，全都变成永远无法启封的秘密。

19世纪法国谚语说得好："浪漫必须是一种秘密"。

而六祖慧能也云：真理——"如果说出来就不是了"。

神秘主义与禅的无言，本质上其实是一种东西，即都来自大乘。那就是秘密。而秘密与忘记，是一根枝条上的两朵花：一朵是藏，一朵是无。

如是我闻：你是隐花，而我是空花。

我们本来互相看不见，只是有一次，生活的风暴那么激烈，它突然吹开了一切遮蔽，用感情的闪电烧毁了宗教的面纱，促使这两朵花之间互相映照起来，为对方的姿势而陶醉，也为对方的绚丽而痛苦……

但是我们仍然是秘密的，一层包裹着一层。除了我们自己，谁也无法把这个谜打开。

毫无疑问：你是我爱情的"秘密主"。

爱情本身的光辉照耀着我们——就像"大日如来"。

它如此的圆满、混一、智慧、仿佛是肉身的一轮明镜。除此之外，难道还有别的圆满、别的混一、别的智慧、别的明镜？！

我知道，你的根就是我的表象。反之亦然。

说我不是你或你不是我的人——那人必将不是他自己。

如是我闻：我若能说出你，那就不是你了。

因为除了我——这世上本没有你。

如是我闻：你就是我的阴影。

如是我闻：据说阴影都是超现实主义的，席里柯经常画，霍桑经常写，还有墨子、蒲松龄、弗洛伊德、伦勃朗、达利、爱伦·坡、亨利·米勒……还有全部的古代中国水墨大写意的画，我能说出一大堆阴影艺术的宗师来。但没有谁的阴影如你的阴影般锋利，它刺穿了烈日，让光辉的尸体倒在大街上，成为一个时代的爱情残酷的背景。谁不想每天和你在一起呢？清晨品茗，落日弹琴，在对方的眼睛里度过每一个怀旧的黄昏，在孤冷的空山里一起渴饮每一阵雨水，这些朴素的幻想，全都在你这个阴影中变成了黑暗。

太阳下的东西，都会有阴影。实体与阴影永不分离。

阴影是实体压缩的形状。而你是我压缩的形状。

如是我闻：你的皮肤是我的沙场。

如是我闻：你的毛发是我的山林。

我若亲吻必令你樱桃出血。

我若抚摸必令你红鸾牺牲。

那毁灭万物的阴影，如漫天而来的蝴蝶的军队，千万翅膀的狂飙扫过你的后庭之花，留下无数残酷的粉末……你被变成一座带血的花园。你是"美"之大罪过。我看见你投降的喷泉在花园中心涌起，如一个面孔皎洁的奴婢。你有一种亡国的美丽。

先我而进者，那时万花未开。

后我而进者，那时万花已谢。

而在你永恒的罪过之中，真正能进去洗劫这座花园的"教主"，除了我，还能有谁呢？

因为我的洗劫不是洗劫；凡被我洗劫的，都将成净土。

我的进入也不是进入；凡被我进入的，都将脱颖而出。

如是我闻：沉默是高贵的告别。

《西厢》有云："兰麝香仍在，佩环声渐远"。每念此句，我都恨不能啸哭于古今，与日月同归隐。此10字精练滴血，总揽情海，芬芳悱恻，无出其右。因为香是动作的延续；声是语言的延续。动作与语言合成了我们的肉身。但据说全世界的宗教都厌恶"肉身"，认为肉身就是污秽与罪孽。肉身是丑陋的。

故阿难曾说："因为那些最污秽的欲望、气息与浑浊的腥臊，都交媾于人的肉体，所以该叫作丑身"。

故黑格尔云："我们的诞生、性欲与排泄使用的是同一器官。"

如是我闻：你也曾厌倦"丑身"，由于有轻微的厌食症，所以你经常少饮食，身体纤细消瘦，犹如一朵杜鹃的侧面——而且无论从哪个角度看，你的肉身都像是单面的、脆弱的，似乎只是别人"肉身"的轮廓。

如今你的肉身在我面前，以八苦为铠甲。

如今我的肉身在你面前，以六根作空花。

据说，对于已出世者来说的一小步，对于未出世者却是一大步。很多年过去了，这一步我就始终没跨出去——这一步就是消灭自己的肉身。

亲爱的阴影：你能让我跨出去吗……

或许阴影本身就是彼岸？也未可知。

达到你处，即见我性，我性一见，你我无分。

于是我参：

> 此生阴影无处埋，爱恨有骨，空花无肉。
> 待到月圆借刀时，斩草除根，一个不留。

2004—2007 年 北京

啼血

邵准，南粤茶人世家子弟，生时额头硕大，性纯而鲁钝。

邵家多制黑茶，藏于地窖，而其香满庭院。准之父邵鸿，本为前清末代武举人，后从军效命于光复会，但日久便对秘密帮会之事心生厌恶。辛亥初败，邵鸿才20来岁，便卸甲归隐为当地茶农。鸿不仅善种植乔木茶，对琴、书、医、卜之类杂学，亦无所不通晓。因擅内家技击之术，谙熟穴位，对针灸尤其精绝。常效法郎中，为村人无偿看病。或许阴德有积，邵鸿晚年竟得一子，取名邵准。

1966年夏日，狂飙忽起，抄家烧书。邵鸿武夫性格刚烈，尤爱藏古书，因见众人欲焚前清名医叶士开流传下之医学孤本，痛心失态，与人争执。一言不合，便失手出拳，命中一少年后腰命门死穴。

鸿见杀抄家少年之后，知自己不可免祸，怕牵连家人，于是迁独子邵准和一老仆于茶洞中隐藏。邵家本来有一窟藏茶之古洞，远僻山林，秘不告人。其洞悬于南粤山中峭壁极危险处，非其族人，从不带入。

然后，鸿为不连累家人，先自投案自首了。后以"现反罪"论处，越二月被枪毙。当时邵准已年19岁，每日由一族中可信之老仆，为其送食物和水。邵准年少意气，浑浊而不醒世，亦不伤感。每日在洞中孤闲无事，于是潜心家学，尤精于医道与茶道。居久而无茶，遂取邵家先祖所藏百年黑茶以饮。其茶汤色红如晚霞，赤若重枣，回甘绵长，在乡里颇为知名，茶名被称为：啼血。

据《邵氏家谱》云：

> 清道光年间，官拜两广总督麾下散骑员外郎邵蒙之子邵襄，偶得一古法制茶，名曰啼血。盖自唐人白香山"其间旦暮闻何物，杜鹃啼血猿哀鸣"之诗意，亦取唐人成彦雄"杜鹃花与鸟，怨艳何两赊，疑是口中血，滴成枝上花"之暗喻。因此茶制作时，多以邵氏族中所选处子之唇采摘。少女唇薄舌嫩，摘而久之，便舌破血流，处子血与茶露相混，经过烘焙，遂成一种特殊之瑞草与肉芝香气，饮之可使人鹤发童颜，坐忘太古。

逾二年，老仆病死。邵准便孤零零地披发土木形骸，终日在洞窟里，唯饮茶读书，偶尔潜入村里找些吃的，从不闻不问洞外事。1968年中，全国武斗如火如荼，南粤也混乱无比，时有血腥。

一日，某负重伤之武斗者迷路于山林，无意间走到了茶洞外。因伤势过重，他昏厥在洞口，血流遍地。邵准听见洞口有异样，见状大惊。他天性善顿，易生恻隐之心，慌忙将其背到洞内。准略已通医术，自然救人，并为其煮药茶以疗伤。又三日，武斗者渐醒。准恐其复来，以防万一，又以自制的一些迷药灌之，再将其背到洞外很远处的村石板路上放下。

待其人醒来之后，已躺于该镇某石板街上。他念日前洞中情景，几类桃源，不可重返，颇为诧异。

然近代世事多变，人心苟且卑鄙。后月余，此人竟带着一猛犬及一群乌合之众前来搜山，果获准于茶洞。乡里人云：邵家制作黑茶，邵准更是躲藏之"黑五类"，茶海蠹虫，其父邵鸿也是前清封建茶霸之余孽，后被群众镇压。于是他们又将邵准关进牛棚，以鞭刑折磨之，要他交出所有暗藏之黑茶。邵准内心混沌如痴，突觉世态恐怖，人情淡薄，又不堪受辱，于是自取随身携带之针灸用银针，绝望中，于牛棚角落自刺后腰几处死穴而亡，年仅 21 岁。

此案最奇之事，乃是那武斗者，既被迷药所灌，抛在街上，为何以后来能再找到茶洞？后又有人道："伤者在洞窟中数日，身上已有茶气，盖因邵家陈年黑茶之香四溢。后以猛犬闻茗气而搜之故。"念之逾奇。然啼血茶之烘制秘方唯邵家独有，邵准死后遂失传。感而记之，以慰中古茶学之憾。

2003 年 北京

闲肉

窗外，那座空在黑溪边的杂草园关闭很久了。

其实它压根儿就从没开过。自从若干年前，一群人在那里种下了廉价的槐、柳、松、柏、桑榆或蕨草、地毯草，他们就不让我们这些住在附近的人进去。那时，这些树都是光秃秃的，满地枯枝败叶，泥坑水洼。几个夏日过去，当杂草园植物茂盛如丛林之后就更不让进了。这里禁止散步、禁止攀缘、禁止遛狗、禁止践踏……总之，铁门上长年挂着一把大锁和一块牌子，写着：禁止入内。

这个本属于市政规划的空间、方圆约一平方公里的绿化带，完全成了一个空架子，一个无聊的摆设。

差不多从去年起，这块地又有了个新名儿，大家都叫它"闲肉"。

闲肉里无路灯，却有小路。无行人，却有长椅。左边是一圈长长的红砖围墙，右边则是一圈铁栅栏。闲肉中，除了会打洞的老鼠、蚂蚁、瓢虫与各种秘密筑巢的昆虫外，就只有野猫、蝙蝠、喜鹊或麻雀会偶尔出入。但后来连这些都绝迹了，只剩下植物。

从我书房窗户向外看，30米处，便能见闲肉。

由于我的落地窗很高很大，故能对此闲肉一览无余。我也始终不理解，为何这偌大一块地方要闲着？

但它就是彻底闲着的：除了可以远远地看一眼，没一点用处。

不仅闲着，空着，荒着，而且据说还派了人专门守卫它。

因为闲肉自然是招蜂引蝶的，但谁都不能触碰它的边界。譬如想掰弯了栅栏，钻进去玩耍，或试图伸手去采一枝探出栅栏的花，那立刻会被人抓走。

守卫它的人也从来不进去，只是在围墙外守卫。

朝雨晚风，春花冬雪。自从第一个试图进去的人被抓走后，这空园子里就再也没人敢翻墙进去了。到最后，甚至连修剪杂草的除草员、浇水的园丁等也都不再进去。大家干脆任凭满地植物疯长，枝蔓横生。干脆把它忘了。

唯一还在闲肉里进进出出的人，只有一个换锁人。

换锁人每过一年来一次。他的气质、目的和对闲肉的窥视欲，也是最奇怪的。因为他始终觉得，这园子经常都会有人进去乘凉、打架、恋爱、睡觉，也有很多动物在其中奔跑、觅食、排泄粪便或躲在角落里悄悄地死去。所以每次换锁时，他就来把园子彻底打扫一遍。

尽管闲肉内从来就是一尘不染的。

它就在距我窗户 30 米处，方圆约一平方公里。除了尘土和杂草，完全没有一点渣滓，也没有一片纸。但换锁人只要来了，便会不断地在那里扫地。不仅扫地，他还会很繁忙地在里面走来走去，左看右看。有时，他会对着这空荡荡的"无"哭笑、喊叫、生气、跺脚、指指点点，有时还用手里的扫帚拍打空地。临走前，他便给大门换上一把新锁。没有人知道他在做什么。不过大家也不得不承认，天经地义，他是闲肉唯一的主人。

2014 年 3 月 14 日

匿名信

电影是在那年秋天死去的。

那年秋天，一个平庸的黄昏，在电影院，我坐在偏僻的角落里吃瓜子。记得银幕上放映的是一部讲述初恋的片子。一个少年正坐在悬崖上，读着一封奇怪的匿名信。背景是山、晚霞和森林。忽然间，里面的山开始变了色。晚霞黑了。森林也似乎腐烂了。太阳融化成一摊脓浆，并沿着银幕的边缘流下来，仿佛是滚烫的硫酸。而那少年读完信后，脸色苍白，浑身发抖，不知道那信上究竟写了什么让他恐怖万分的事。他摇晃着瘦身影，想缓缓地站起来，结果却脚一滑，猛地栽倒，从山上直坠落下去。

整个屏幕上的事物都在往下坠落，血肉模糊或粉身碎骨。接着，电影院里便散发了一股酸臭的气味。

我这才意识到，电影死了。

其实电影要死的消息，一年前我就听说了，但没有太上心。电影死不死和我有什么关系？我只是个观众。有时连观众都谈不上。我记得，当电影院在变得干枯、脱落、腐朽时，很多著名演员在出门时便也都显得很落魄、羞愧或惊慌，或者原本崇拜他们的人，全都假装不认识他们了。导演成了最没落的职业。很多制片人自杀。编剧、摄影和化妆等行内的人也都纷纷转了行。而最可怕的还是电影的死亡本身：因它的死就像一头庞然大物，一头带着血腥、伤口和沉默的兽，趴在电影院的屋顶上喘息、呻吟，让人难以理解。

电影为什么死？这个问题被人调查了很久，但都没有结果。据说是胶片本身感染了病毒。最初的来源据说是有一本35毫米胶片，因在原始森林里拍摄了罕见的传染病毒，结果被感染了。然后胶片被放到洗印厂，结果一传十、十传百。还有人说是放映机、数字电脑或者摄影机本身因老化而出了怪病。而怪病则来自一个失踪了的放映员。总之，一直以来众说纷纭，但都没有结论。

人们就是最直接地看到了电影在银幕上的忽然惨死。

那死的样子真是太可悲了，也太可怕了。

记得那天，当电影一死，观众席里的人便开始惊呼，尖叫，然后像遭遇了火灾一样乱哄哄地四散，向出口拥挤而去。一些人吓得都摔倒了，被另一些人踩在脚下。我看见很多妇女和孩子都在哭，而男人们都在愤怒地喊叫。

可我当时倒很麻木。死了就死了，就让它去死，又能如何？而我当时之所以还在电影院里待着不走，只不过是在等我的女友。我们约好那天一起看电影，结果她没来。我独自在门口吃了大半包瓜子，还曾唾沫四溅地跟门口摆烟摊的一个老家伙倾诉衷肠，发牢骚。等到电影都开始放映 15 分钟了，她都没来，于是我只好自己进去看了。那天的电影真的很无聊。这也是它该死了。几个月之前，我就听说最早死的会是纪录片，死了的胶片全都会发黑，好像被火烧焦了一样。然后相继死去的会有战争片、历史片、古装片、爱情片、灾难片、悬念片、科幻片、恐怖片和音乐片、宣传片、黑白影片等等。胶片的"尸体"将堆积如山，几乎高过了电影院的屋顶。虽然是秋天，但暑热还未完全消退。所以很多胶片的尸体便开始化脓、发霉，甚至长蛆……刺鼻的气味越来越浓了。走在有电影院的大街上时，过路的人们都不得不用一块手帕掩着鼻子。

但相当一段时间，我对这些传言并不太相信。

我更没想到，我会离电影的尸体这么近——我居然彻底赶上了一场电影的死。路逢腐尸，还有比这更倒霉的事吗？

当时我之所以还傻站着不走，不过是还对女友抱着幻想。

说起来，我的女友也是个诗人，长得还算可以吧，属于那种眉毛和嘴颜色都很淡的少女。她一直都很喜欢看电影，几乎超过了看书。我是没办法，只好常常陪她去看。她经常还跟我聊电影技术里的东西，说电影也是有器官的。譬如像什么剪接、慢动作、中景、远景、模拟音效、配音、叠画、淡出、抽帧、穿帮、固定机位、双机位拍摄、大炮、摇臂、工作台本、分镜头、分割画面、声音连接、潜台词等，就是

202

电影的五脏六腑、器官毛发，可这些乱七八糟的东西我一点也不感兴趣。我只是因为爱她，所以勉强当死狗的故事，听听罢了。

从心里，我甚至有点恨电影，巴不得它赶快死了好。

因为电影总是占据着我和女友的时间，让我们不能投入真正现实中的爱情，始终像食腐动物一样剽窃别人的血肉，来滋养意淫。

天可怜见，这一天果真来到了，所有的电影都死了。它们那可耻的尸体会渐渐变冷，非常冷，倒挂在电影院的银幕上，就像一个被吊起来的制度。

那天晚上，我很晚才走出电影院。我独自一人在大街上胡乱徘徊。当秋风扫落叶时，我知道她现在肯定不爱我了——不是因为别的，也许还是因为电影。

各种电影不断死去的事从四面八方传来。人们发现，一部影片只要一放映，便会立刻死在银幕上，散发出烂肉的气味。而尸体一多，就有人开始焚烧。我努力掩饰自己的难过，为了让自己感觉好点，便每经过一个电影院，只要看着很多人在门口烧电影的"尸体"，我就放声狂笑。

对我来说，这简直像是一个节日。我在午夜一路狂奔。

记得大约到清晨时，我才回家，正赶上早班的邮递员来送信。

邮递员叫住我，递给我一封没有写发信人名字的信，但我一猜这就是我女友的来信。每次她都这样：只要一放我的鸽子，就会写信来解释失约的理由。我拿着那信，没有拆开。有什么可看的？无非就是申述各种扯淡的原因，推卸她不来赴约的责任罢了。我拒绝看那些谎言，哪怕是我最爱的人写的。再说，既然爱情已经结束了，还用写什么信呢？语言能救情吗？我把信胡乱地塞进了裤兜里，然后推门进屋，倒头便睡。

可是，大约是被窗外飘来的满大街电影腐尸的阵阵气味熏得够呛，我怎么也睡不着。我推开窗，想呼吸几口空气，结果很多苍蝇却趁机飞了进来，密密麻麻地在我的屋子里盘旋。秋天还有苍蝇？我拿出苍蝇拍乱打一气，可是苍蝇却越来越多。苍蝇显然也是因电影之死的气味而出现的。这世界简直被熏得像是一座巨大的屠宰场，可怕的气味几乎让人昏厥。

我眺望窗外，看见整座城市，西山乃至远方，到处都有烟雾升起。

看来很多市民都在忙着把电影的"尸体"抬出来，有些是烧，有些是埋。胶片燃起的黑压压的烟雾，好像一匹腐烂在原野上的巨型野猪，四脚朝天，而苍蝇们则像漫天盘旋的秃鹫，随时准备俯冲。

很多事情超出了我的意料。譬如，到处都是的"尸体"中，难道就没有一部活着的、幸存的电影吗？总之我没看到。

我忽然想到，女友会不会因这么一件芝麻大的小事，而觉得人生失去了意义，再也活不下去了？也未可知。

我觉得心烦意乱，再也不能在城里待着了。

我给她打电话，没人接。我急忙穿上衣服下楼，跑到公共汽车总站，然后坐车直奔郊外的一座山林。因为每次我们相聚依偎时，就会去那里。那里的树林是彻底的绿，一条小溪边开满了雀斑一样繁杂的雏菊。而女友每次失约时，我通常也会自己去，独自坐在小溪边的一处悬崖上，想念与她度过的那些时光，并望着落日发呆。尤其是那一年秋天，当我与我初恋的女友分手，而电影也正在无远弗届地大批量死亡之时，我再次登上了这座悬崖。她没在。落日还是那么残酷。我无聊地抽了几根烟，然后从兜里拿出她的那封信。我想烧掉，可又有点犹豫。打火机烧了一半，又被我扑灭了。我打开来读。天，这是一封怎样的信啊。她已不再是她。她在信中所写的那些带着血与刺的奇怪事物和荒谬词语，真让我感到闻所未闻的恐怖。难道这就是爱情？我从未见过如此极度忧郁、惶惑、漆黑的字迹。我从未见过一个女人，其心理会如此阴险、青面獠牙，用恶毒的言语去毁灭过去的花园。而且，那信不仅信封上没有名字，里面居然也没有落款。鬼知道是不是她亲自写的？我读完这信，便想举头去看看四周的风景，以遣散恶劣的心绪。但一个意外让我更是大惊：我看见一片晚霞似乎突然痉挛了似的，像病人一样摔倒在树尖上。小溪变成了一条白绷带。溪水变成血水。然后，整座山林也开始发黑了，犹如塌方与滑坡似的，沿着悬崖四周纷纷坠落。整个大自然正在迅速地开始崩溃。我脚下的大地也在抽搐，变僵，并发出死兽般的喘息。

接着，手中的匿名信被一阵狂风卷起来，向深渊吹去。

我想伸手去抓，却有点来不及。我感到浑身冰冷，四肢发抖。我战战兢兢地试图站起来，但眼前一黑，便从悬崖上栽了下去。

我只记得我是头朝下坠落的。

我的脑袋受伤了，所以今天几乎忘了一切。

可以肯定的是，就在那年秋天，我带着对电影之死、初恋和一封恐怖之信的失落，便向着如今这个永恒的我沉沦了，且再也没能从往事中醒过来。

2010 年 6 月 7 日　北京

0 点的鬼

历史上关于栽跟斗的故事，有很多。据记载，公元前 581 年，一天中午，晋景公姬獳在品尝新麦之后觉得腹胀，便去厕所排泄。结果一个不慎，他跌进了粪坑，被屎尿淹死了。姬獳大约是古代第一个在厕所里栽跟斗的王。再如妇孺皆知的邯郸学步，庄周说："且子独不闻夫寿陵余子之学行于邯郸与？未得国能，又失其故行矣，直匍匐而归耳。"去邯郸学步的这个少年，大约算是栽跟斗时间最长的了，只能爬着回来。据说是因为邯郸人走路好看他才去学，故此少年是一极端爱美之人，也未可知。很多故事里，栽跟斗最有名的自然是"筋斗云"了。花果山泼猴一个跟斗，不仅不摔跤，而且能飞出十万八千里。西方书里也有栽跟斗的故事。譬如古希腊寓言家伊索，有一天在澡堂门口看见一块石头，每有人路过都栽一个跟斗，但谁也不搬走石头。后来终于有一个人被石头绊倒后，骂了一句"哪个该死的将石头放在这里！"可是刚爬起身，动手将石头移开。伊索说，这是澡堂子里唯一配叫作"人"的一个人。

俗话说，在哪里摔倒，就在哪里爬起来。

话是这么说，但很少有人能做到。

如 20 世纪 80 年代的诗人顾城，我记得在 1993 年，他在自杀前写的最后一本书里，一开头就写了一首关于栽跟斗的诗，作为题记。他是这样写的：

0 点

的鬼

走路十分小心

他害怕摔跟斗

变成

了人

顾城写完了诗与小说，就进门拿起斧头，砍死了他的妻子，然后又砍死了自己。终于，在人生的末尾，他一个跟斗栽倒在自己与爱人的血泊里。这个跟斗算是栽大了，而且那么惨烈与残忍。他栽倒后再也没有站起来。和他自己写的相反，他从人变成了鬼。

我还记得，我小时候曾经也摔过很多跟斗，好像是打架时摔的。我的右腿膝盖被摔掉了一大块肉，当时是夏天，伤口化脓，总也不好。后来用完了一整瓶的紫药水，才看着它慢慢结痂，但留下了一块永远的疤痕。

不过所有这一切都和我要说的栽跟斗关系不大。

我要说的是我朋友的一件怪事。

因为我所认识的这个朋友，他只是在大街上等公交车时，由于人太多而产生的拥挤，忽然（偶然）地栽了一个跟斗而已。他说他当时是在看电线杆上贴的一张性病广告。他的确有点近视，戴眼镜，不过他看东西是很清楚的。那天也不知道中了什么邪了，或许是他脚边正好有一块绊脚石，或者一个坎，更有可能是他自己踩着了自己的鞋带儿……总之，他没注意车已经来了。那些身后跟他一起等车的人往前一推，就把他狠狠地推倒在地，摔了一跤，而且他摔得有点重。他的头磕在了电线杆上，膝盖破了，手也脱臼了。额头碰在了电线杆上，血流了出来。一颗门牙也磕掉了一半。嘴角与腮帮子迅速肿了起来，简直狼狈极了。他的眼镜也被摔到了离他足有三米远的地方，其中一个镜片粉碎，另一个也裂了。很长时间，他趴在地上找他的眼镜和门牙。

说起来你都不敢相信，大街上的人，或者那些挤车的人，竟没有一个愿意来扶他一把的。因为毕竟是 21 世纪了，别说栽跟斗摔跤，你就是死在大街上，也未必有人管。

不过，当他起身时，奇怪的事情却发生了。借着自己残存的一半眼镜玻璃，他发现自己站在了另一个地方。这不是刚才的大街。刚才的这根电线杆，突然不见了，变成了一棵树。公交车也不再是车，而是一辆类似坦克的巨大武器。大街上的人戴上了像章鱼一样的防毒面具。他在猜想是不是自己的阳寿已尽，他们是阎王派来的？这么想显然太肤浅了。接着，有一群陌生人冲他而来，一把将他抓住。这些人都穿着军装。他们将他双手反剪，还挂上了一个牌子。牌子上写的文字他看不懂，好像不是汉字。

一个人举起拳头狠狠地揍了他一下。

然后，其他人的拳头像雨点一样落下……

在剧烈的疼痛中，他不断地叫喊着，挣扎着。说来事也凑巧，居然被他一下挣脱了。他赶紧逃跑。

为了甩掉那些戴防毒面具的人，他冲向一个陌生的方向。但是没有跑出多远，他迷路了。他记得他曾沿着陌生的大街一直跑，跑出了高速公路，然后越过森林、大路与河流，爬过悬崖，历经风雨，他也不知道自己走到了哪里。最后，他穿过一个走廊，一个石洞，然后面前豁然开朗。一片陌生的宫殿和花园出现在眼前。花园里有一台电视机，里面放映着一些晚清与民国的黑白资料片，有军阀的战争、难民、游行的人与城墙……还有一个法场。一些人正在看杀头。

电视里的新闻说，外面正在发生战争。

刚听到这里，他才发现自己老了。他摸了摸脸，觉得全是皱纹。他的牙齿全都掉了。他刚要转身离开，那些戴防毒面具的人又出现了。

大家包围了他，把他五花大绑起来。

这时，从人群外闯进一个女人，是他的妻子。他惊问妻子，她怎么会在这里。妻子说，自己一直在家等他回家吃饭，但来了这些人。他们是来征兵的，要让他去前线入伍。如果他执意不从，就要拘捕她和孩子。为了孩子，她只好带他们来找他。孩子？他问，哪里来的孩子？妻子说，是你离开的这几天我生下的，还没来得及告诉你，是你的孩子。人生总是这样，很多事情你还没想好，就已经发生了。生活中你必须做出的只是一些最后的决定，而不是选择。

于是，他只好同意了。他跟着戴防毒面具的人离开了花园。

他的妻子抱着刚出生的孩子，也跟着他去了前线。

但是谁也没想到，战争一打就是几十年。在战争中，他被迫去了最艰苦的战壕里。他和敌人曾面对面用刺刀肉搏。他吃过压缩饼干和野草，喝过露水，受过伤，有一次还差点就被俘虏了，但他从尸体堆里爬了出来。这期间，他的妻子害怕失去自己的丈夫和爱情，也随军居住着。孩子每夜啼哭。他为了得到孩子的奶和粮食，进入过一个陌生的国家，在那里杀过很多陌生的人。他们的军队似乎很强大。但在最后一场战争中，由于领袖的疏忽，他们几乎全军覆没。领袖与指挥官都死了，他随着大军全部撤退到一座红色的类似宫殿一样的建筑里。但是敌人并不甘心，不断地用炮火封锁了全部的出路，还封死了所有的窗户。接着就是长久的黑夜。他觉得自己完全陷入了黑暗中，像是 0 点的鬼，无法摆脱，无法得救，无法变成人。这时，天上忽然起了一道闪电。闪电击中了宫殿，引起铺天盖地的一场大火。所有的军人满山遍野地逃亡，而敌人、军队、妻子和他的儿子全都被烧死在其中。他手里还拿着刚抢劫来的粮食。最后，远远地，他看见他们惨死在一辆敌人的坦克车下。他痛不欲生。

在无边的大火中，只有他一个人逃了出来。

他不断地在荒野奔跑，奔跑……渴望跑出了这个地方。

强烈的痛苦使他仰天大哭。这时，忽然一个闪电打在他的头上，让他猛地栽了一个跟斗。

他站立不稳，头朝下地撞在了一棵树上。

过了很久，他才抬了抬头，看了看那棵树。原来那不是一棵树，而是电线杆，而且正是自己最初栽跟斗的那根电线杆。因为他看见那上面有一张同样的性病广告。他像是借尸还魂一样，难以相信这一切。他环顾周围，还是那条大街，还是那些人。很多人在等公交车。车来了，人群拥挤不堪。只是的确在下雨，闪电继续与雨水打击着他。他猛地大喊一声，逐渐惊醒过来。原来刚才的一切，他所经历的一生，都不过是偶尔摔了那一跤造成的。

就在摔跟斗栽倒的那一瞬间，他似乎就过完了一生。

后来，每次他路过那条大街时，还会特意去那电线杆边上看一看。那上面除了一块他当时栽倒时留下的血迹外，什么也没有。只是他已经分不清，那发黑的血迹是在现实中栽跟斗这次，还是在幻觉中栽跟斗那次留下的。

2009 年 1 月 北京

附三：

旱魃、倀囊与鹅笼之国

中国人自古对"恶童"便有恐惧感，即《庄子》所言"不
肖子"，或曰逆子，或曰小人。著名则如《论语》所言"唯女
子与小人难养也"，按某些训诂，此处"女子"本是指问话的
子贡（汝子），而小人也非后来道德批判意义上之"小人"，
而是指儿童。因儿童心散，性情多变，固执而灵敏，常做出
意外之事，说意外之言。但对"不肖子"的志怪式演绎，后
则多见于说部与类书。如宋人陈元靓《事林广记》载：

> 世有不肖子，凡三变：第一变为蝗虫，货其庄田庐
> 舍而食之；第二变为蠹虫，货其家藏古籍而食之；第三
> 变为大虫，货其奴婢而食之。不肖子无世无之，咸由其
> 先祖不教以诗书仁义之所致也。

此则"不肖子三变"，也载于五代时孙光宪《北梦琐言》
卷三中。

看来只要你不肖，便会变成怪物，而且还会缩小，成为一个"小人儿"。虽然最容易引起大家关注的，是《列子》中的"两小儿辩日"，《史记》中甘罗十二岁拜相，《吕览》之"引婴投江"与《战国策》中的孔子以七岁小儿项橐为师，或如梁人吴均在《虞初志》中能用谜语诗、拆字法等预言国家兴亡的那些"语言神童"。至于蝗虫与蛊虫，都是灾难的缩影。巫蛊则是灾难的模型。古人怕害虫灾与瘟疫。汉武帝时的巫蛊案能牵连那么多皇亲国戚，令数万人人头落地，除了皇后卫子夫、公孙贺父子、长平侯卫伉、太子刘据、阳石公主与江充等人的宫廷政治斗争原因，以及太子问题、胡巫与萨满教的影响外，对瘟疫本身的恐惧也是最重要的一种"蛊惑"。因为虫能带来疾病。由太子宫中发掘到的针刺六枚桐木小人（王先谦《汉书补注》）则更显出了一种魔幻或象征主义式的阴气。这也是最初将小人儿做成神秘偶像，埋藏于地下，便能起到诅咒别人的一种幻术源头。这种巫风发展到明代，便是我们在《道藏》与《玉函秘典》中读到的三魂、气魄、泥丸真人或咒炼三尸虫的样子（包括图谱）——基本都是些住在大脑或腹腔中的小人儿。到了清代，则类似后来美国学者孔飞力在《叫魂》中所研究的那些与谋杀儿童有关的妖术、招魂术、养鬼术。更有恶劣的，即如《大清律例》或元代无名氏《湖海新闻夷坚续志》中所载之江湖术士，他们故意挖坟掘墓，寻找儿童尸首、骸骨，甚至直接偷窃、贩卖儿童，灌药乃至以所谓"法醋"等荒谬手段残害儿童来修炼占卜术。

巫蛊与人蛊相关，又常常与儿童为敌，因据说虫爱吃孩子。如清人袁枚在《新齐谐·蛊》中便有这样的说法：

> 云南人家家畜蛊，蛊能粪金银，以获利。每晚即放蛊出，火光如电，东西散流。聚众噪之，可令堕地，或蛇、或虾蟆，类亦不一。人家争藏小儿，虑为所食。

但是现实不是文学。在更多的志怪小说中，小人儿的出现往往占上风。除了虫灾，古时旱灾更多，于是便又产生出"旱魃"这种小人儿来。无论《诗经·大雅·云汉》之句"旱魃为虐，如惔如焚"，还是《山海经》中的黄帝战蚩尤时所派"天女魃"，旱魃最初都说是狰狞之恶鬼，或者女鬼。蚩尤请风伯雨师来，而女魃能止雨，因此得名。《说文》云："魃，旱鬼也。"可见直到汉时仍如此。在志怪系统中，从六朝到明清笔记，一般旱魃都会算在僵尸变异类，故事不胜枚举，此不赘言。但旱魃偶尔也会被小人儿化，如伪东方朔《神异经·南荒经》所载：

> 南方有人，长二三尺，袒身而目在顶上，走行如风，名曰魃。所见之国大旱，赤地千里，一名旱母。所之国大旱，一名"格子"，善行市朝众中，遇之者投著厕中乃死，旱灾消。

如杜诗也有"退藏恨雨师，健步闻旱魃"（《七月三日亭午已后校热退晚加小凉稳睡有诗戏呈元二十一曹长》）之句。但说到它的小人儿化，最典型的可以举出两三个例子来。其一如明人钱希言《狯园》中所写"人产旱魃"一篇：

> 京山李氏第四母舅陈翁家，有给使妇人，产一旱魃，形如猿猱，其头面上仰，眉目口鼻皆向天。产下置地能行，急趣出门，莫知去向。

这婴儿样的旱魃，几乎与"封神"中的肉球变哪吒相似了。类似小人儿，在《狯园》卷十五妖孽篇还记有"地中儿"一则，讲述耕地人在大榆树边掘地，"得小婴儿三个，长如箸子，似新产下状"。后来观者云集，竟将其杀了。另外卷一还写有一则"偷桃小儿"。钱甚至在自序中说过"造化小儿"之语。

另一则如清人李庆辰《醉茶志怪》卷二里有篇《小毛人》云：

> 深州民人拆房，下得一方坎，四围宽尺许，深亦如之。中有二小毛人对卧，赭色，红目，长不盈尺。捉其一，其一惊遁。或云"旱魃"之类也。

同书中还有一篇《小黄人》，则讲的是姓梅的某人，在开州客馆孤坐，见砖头缝隙中长出一物，"长寸许，如人黄色。

转瞬，高如人等。遽前相搏，梅即昏不知人。"后来梅某无论走到哪里都遇到类似情况，很恐惧，直到有人让他用桃木剑击之，才发现是黄鼠精。

除旱魃之外，小人儿易为鬼，大概早已深入古人心。如晋时干宝《搜神记》卷十七便专门写有此物。在《朱诞给使》一篇中，干宝描述了三国吴主孙皓年间，淮南内史朱诞，因怀疑其妻有通奸行为，于是便派人去监视她。监视者发现，其妻在织布时，总是朝窗外一棵桑树上张望，并且说笑。望树上看，则看见有个十四五岁少年。监视者用弩箭射之，少年则化为大如箕的鸣蝉飞走了。后来他还在路上看见两个小儿鬼对话，一个说最近怎么看不见对方，另一个则说因被人射中负伤，故而未曾相见，还用朱诞府上的药疗伤云云。《搜神记》卷十二有《池阳小人》，说王莽建国年间，"有小人景，长一尺余，或乘车，或步行，操持万物，大小各自相称，三日乃止"云云，又提到《管子》曰："涸泽数百岁，谷之不徙，水之不绝者，生庆忌。庆忌者，其状若人，其长四寸，衣黄衣，冠黄冠，戴黄盖，乘小马，好疾驰。以其名呼之，可使千里外一日反报。"可见其厉害。

但干宝此书中最伟大的一个小人儿，则是"傒囊"：

> 吴诸葛恪为丹阳太守，尝出猎，两山之间，有物如小儿，伸手欲引人。恪令伸之，乃引去故地。去故地，即死。

既而参佐问其故，以为神明。恪曰："此事在《白泽图》内；曰：'两山之间，其精如小儿，见人，则伸手欲引人，名曰"偈囊"，引去故地，则死。'无谓神明而异之。诸君偶未见耳。

后来唐人李贺有书童，名曰小奚奴，常随李贺马后，背着一个古锦囊。李贺有诗便投锦囊中，故名"奚囊"（详见李商隐《李长吉小传》）。后明人张岱撰有《奚囊十集》，清人张潮撰有《奚囊寸锦》，其寓意皆与此有关。

南朝时，刘义庆在《幽明录》中写到过好几个小人儿：一为"雨中小儿"，说元嘉初期散骑刘隽，在下大雨时发现门前有三个小儿，"皆可六七岁，相率狡狯而并不沾濡"。既然雨水都淋不湿，刘便怀疑他们是妖怪。刘用弹弓射之，小儿们则霍然不见。一为救人性命的小儿，是太原王仲德在避乱时躲在草丛中遇到的，当时王已三日未吃饭，忽然有个长四尺的小儿呼叫王，扶起王的头，让他吃一包干枣。小儿则悠忽不见。再有便还写道东昌县，有种生物像人，裸体长五尺，发长五六寸，常在高山岩石之间住，声音暗哑，只是互相呼啸，一般很难见到。但是此物对孩子的态度很奇怪：

有人伐木，宿于山中，至夜眠后，此物抱子从涧中发石，取虾蟹，就人火边烧煮以食儿。时有人未眠者，密相觉语，齐起突击，便走而遗其子，声如人啸也。此物便男女群，其引石击人，趣得子，然后止。

这似乎又有些让人想起达尔文、弗雷泽、摩尔根或列维·斯特劳斯关于野人风俗与部落的记载。

中国古人之幻想，颇多妖艳幻化之奇诡。如清人和邦额《夜谭随录》中有一篇《小手》，说的是有某好道者，专门在城外楼中奉祀一狐，亲友若有想见狐的，他便要先向狐请示，然后"狐自壁窦中出一小手，与客把握，肥白软腻，如六七岁小儿"。这几乎是将狐狸精与小姑娘般的美好融合起来了，能唤起人的无限遐想。狐与鬼，都可以是很小的，小到比孩子还小，小到可以进入耳朵中，如南朝任昉《述异记》载南齐马道猷事云："两鬼入其耳中，推出魂，魂落屐上。"

除了鬼怪，也有直接写到侏儒的。如清代破额山人在谐谑笔记小说《夜航船》中，有一则名曰《小人得志》，说的便是"汴中有冯小人者，身长二三尺，如三四岁小儿。尝至吴中，以子平糊口，视物于几上，望若檐楹。椅间置座，且层累而上"。这个矮子并无什么出众的特殊技艺，只因他是侏儒，行走动作滑稽可笑，于是总有王公大人喜欢招其来看，以为酒宴间谈笑之资。他也因此经常出入大小衙门，且身家暴富。

但小人儿在古籍中最常见的还是精怪、仙童或妖孽。

如清人乐钧《耳食录》有"市中小儿"一则，颇有趣：

昔长安市中有二小儿，一红衣，一白衣。红衣者过人门前，则以红毬抛掷地上。白衣者随而拾之，以为笑乐。红衣者抛掷益急，毬落纷纷。白衣者不能尽拾，遂相逐而去。余毬亦不见。次日，市中火大作，红毬所掷之家，荡为灰烬。惟经白衣拾取者，房舍参差并存。

这也是表达古人对灾难无常，以及灾难都具有偶然性的宿命论故事。

小人儿的渊源，最初或许只是"绵绵如婴"和"胎息"的道家思想，也是对生命元气的礼赞。如清人余蛟《梦厂杂著》里的"肚仙"，其实就是对胎息的一种隐喻。但是到了后来就演绎得多了，成了一种志怪种类，历代多有。乃至干脆就说小人儿是古人的化身。譬如明人朱海在《妄妄录》里说的"古董小鬼"，就是些"衣冠秦汉制，入地而灭"的小幽灵。古籍庞杂浩瀚，不可尽录，我这里再随意罗列一些专门以小人儿为故事的传奇存目：

汉——陈寔《异闻记》：张广定女。

晋——祖台之《志怪》：鬼子。

晋——干宝《搜神记》：儿生两头、儿化水。

晋——张华《博物志》："东方有螳螂，沃焦，防风氏长三丈，短人处九寸"。

魏——《列异传》：蒋济亡儿。

梁——吴均《虞初志》：笼歌小儿。

南朝——佚名《录异传》：胡熙女鬼子。

唐——张读《宣室志》：武侯后身、裴君子病狐、牖
　　　　　　　　　　下诗童（补遗）。

唐——戴孚《广异记》：小儿赐药。

唐——段成式《酉阳杂俎》续卷八：波中翼婴。

唐——韦绚《刘宾客嘉话录》：贾嘉隐。

唐——郑处诲《明皇杂录》：李林甫宅火。

唐——皇甫枚《三水小牍》：刘刺夫家怪异。

唐——苏鹗《杜阳杂编》：蛤蜊菩萨、小儿抚晕。

唐——李绰《尚书故实》：人腊。

唐——杜光庭《录异记》：道士郗法遵、胡氏子（额
　　　　　　　　　　中珠）、赵燕奴之母。

五代——尉迟偓《中朝故事》：咸通幻术断小儿头。

五代——孙光宪《北梦琐言》：娠子能语、王氏子知
　　　　　　　　　　前生。

宋——洪迈《夷坚志》：李氏二童、江四女、胡氏异儿、
　　　　　　　　　　山寺婴儿、宗立本小儿、真
　　　　　　　　　　仙堂小儿、鄱阳六臂儿等。

宋——《太平广记》：目老叟为小儿。

宋——张师正《括异志》（辑佚）：婴怪。

明——朱海《妄妄录》：鬼胎儿、赤身小儿、古董小鬼

明——冯梦龙《情史》：小水人、孕异。

明——沈德符《万历野获编》：小棺。（这一则尤其规模庞大，有数千小灵柩）

清——袁枚《新齐谐》：雷击两妇活一儿、大小绿人。

清——蒲松龄《聊斋志异》：耳中人、小人、土偶、男生子。

清——许奉恩《里乘》：产怪。

清——长白浩歌子《萤窗异草》：生生袋。

清——曾衍东《小豆棚》：神童、场中儿啼、泥娃娃。

清——余樾《右台仙馆笔记》：虎面儿、豆花。

清——钱泳《履园丛话》：鼻中人、牛腹中人。

清——纪昀《阅微草堂笔记》：四寸玉孩，小儿见奇鬼、小人乘巨蝶、镇魇木人、瓜子小人、二尺美妇。

再如唐人段成式《酉阳杂俎》中有一则笔记曰"六尺怪婴"：

大和三年，寿州虞侯景乙，京西防秋回。其妻久病，才相见，遽言我半身被斫去往东园矣，可速逐之，乙大惊，

因趣园中。时昏黑，见一物长六尺余，状如婴儿，裸立，挈一竹器。乙情急将击之，物遂走，遗其器，乙就视，见其妻半身。乙惊倒，或亡所见，反视妻，自发际眉间及胸有瘢如指，映膜赤色，又谓乙曰："可办乳二升，沃于园中所见物处。我前生为人后妻，节其子乳致死。因为所讼，冥断还其半身，向无君则死矣。"

另如《太平广记》卷342还有《周济川》一篇，讲述了一个白骨小儿之事，其骷髅状几乎可令人想起南宋画家李嵩的《骷髅幻戏图》来：

周济川，汝南人，有别墅在杨州之西。兄弟四人俱好学，尝一夜讲授罢，可三更，各就榻将寐。忽闻窗外有格格之声，久而不已。济川於窗间窥之，乃一白骨小儿也，於庭中东西南北趋走。始则叉手，俄而摆臂。格格者，骨节相磨之声也。济川呼兄弟共觇之。良久，其弟巨川厉声呵之，一声小儿跳上阶，再声入门，三声即欲上床。巨川元呵骂转急。小儿曰：阿母与儿乳。巨川以掌击之，随掌堕地，举即在床矣，腾趋之捷若猿玃。家人闻之，这意有非，遂持刀棒而至。小儿又曰：阿母与儿乳。家人以棒击之，其中也，小儿节节解散如星，而复聚者数四。又曰：阿母与儿乳。家人以布囊盛之，提出，远犹求乳。

出郭四五里，掷一枯井。明夜又至，手擎布囊，抛掷跳跃自得。家人辈拥得，又以布囊，如前法盛之，以索括囊，悬巨石而沉诸河，欲负趋出，於囊中仍云：还同昨夜客耳。余日又来，左手携囊，右手执断索，趋驰戏弄如前。家人先备大木，凿空其中，如鼓扑，拥小儿於内，以大铁叶，冒其两端而钉之，然后锁一铁，悬巨石，流之大江。负欲趋出，云：谢以棺椁相送。自是更不复来，时贞元十七年。（出《祥异记》。明抄本作出《广异记》。）

　　除了华夏，此物也写及海外，如宣鼎《夜雨秋灯录》中有"树孔中的小人"，便是写在南洋见到了古岛，岛上枯树中住满了"长仅七八寸，有老幼男妇妍媸尊卑之别"小人儿。色情禁毁志怪中，最让大家熟悉的小人儿，莫过于《灯草和尚》，而他不过是对古代妇人所用陶且的一种象征。清人潘纶恩《道听途说》中的孤儿"杨小幺儿"，也是"年已近冠，而身材藐弱，如十一二龄小竖"。但他性欲旺盛而狡诈，因欲与庶母郑二妈通奸未遂，被大母发现后，恼羞成怒，杀大母，事后又杀二妈，并自己反缚双手，伪称有盗贼夜入杀人。但他因不能对验尸官解释自己的手是单扣而非双扣，露出了破绽。至于那些密布在《太平广记》乃至整个《说部》中的小人儿，读书人多耳熟能详。或为仙童佛子，或为凡夫俗婴，或为童仆奴婢，或为路遇邪客，或为灵魂，或为异人，或为龙，或为怪，多如牛毛，不一而足，甚至还有如明人碧山卧樵《幽怪诗谈》之《华阳翰蘖》一则，其中几个尺馀小人，乃香炉、古镜、端砚等变成。总之，他们的整体形象都是具有幻化性质的儿童。

总体而言，被幻化的各种小人儿主要分几种：

1. 神童（文字谜）

2. 人蛊（偶像、咒语）

3. 不肖子（鬼胎、道德伦理）

4. 山川（自然化身）

5. 精怪、妖孽、骷髅与鬼神（志怪笔记）

6. 侏儒（残疾）

7. 异域生物（野蛮种族、部落）

8. 古人魂（衣装）

9. 仙童佛子（宗教传说）

10. 陶且（器物、淫僧、色情小说）

当然这一切的源头都是人对生命的膜拜。孩子是神圣的。大约从"老子生而白首"、释迦生来就"脚踩莲花，天上地下，唯我独尊"及"诞生在马槽中的耶稣（圣婴）"时代开始，人对婴孩便有一种神秘的恐惧，这是因他们刚从虚无中来。道家本讲"其大无外，其小无内"。藏密也有"胎藏曼荼罗"。然后，就像吴均《续齐谐记》（《虞初志》）中的"鹅笼书生"一样——他因脚疼（此几为读书人通病），便运用锁骨术寄宿在偶遇的阳羡许彦的鹅笼中，后为了报答许彦，便从口中吐出一个各种珍馐肴馔器具与男女小人儿，然后男女小人儿再吐出更多的男女小人儿，大家一起共饮——无数来自读书人所编撰的，从古代小人儿传奇中演化再演化出的各种小人儿便陆续从历史中被吐了出来，成为一代又一代人阅读的奇迹。至于后来那些可以变大变小钻进妖魔肚子里去的孙悟空、红孩儿（婴儿、善财童子）、人参果、哪吒，尤其是《西游记》第七十八回中，在比丘国装在笼子里等待被吃掉心肝的1111个小儿，还有第五十三回《禅主吞飧怀鬼孕》等，都可以说是这种志怪的演化和无限放大。其他如目连救母，张天师化身牧童（《水浒传》）、南柯槐安国中的蚂蚁宫殿、婆罗门教中的"鬼子母"（元杂剧有《鬼子母揭钵记》）、童养媳、战争与灾荒年中易子而食的那些残酷历史，乃至西方文学中圣埃克苏佩里的《小王子》，西班牙16世纪的流浪体小说《小拉萨路》（*La Vida de Lazarillo de Tormes*）、纳博科夫的《洛丽塔》或阿玛杜·库鲁马的《血腥童子军》，格拉斯《铁皮鼓》中的侏儒奥斯卡，卡尔维诺或者本雅明的《驼背小人》，以及太多恐怖电影中的那些恶童、冤魂、丘比特、彼得·潘、中世纪黑魔法与小精灵等，实在是不计其数。在拉丁美洲甚至称异常的一半干旱、一半雨季的气候，也叫"圣婴"（El Niño，即厄尔尼诺现象）。而日本文学中的各类小人儿精怪，最早的小说《竹取物语》，便是写的一位诞生于竹心里的小人儿"细竹辉夜姬"，她的故事家喻户晓。其他诸如小泉八云《怪谈》中数以百计的"穿武士服的一寸小人",或《百物语》(杉浦日向子)中的"产女"等,更是不在话下,此不赘言。而村上春树后来在《1Q84》中那个具有奥姆真理教般奇异力量的"小小人",可算是最典型极致的在当代小说中对此传统形象之完全演绎与镜像。

当然,真正的"小人之国"还是在中国人的古籍与幻想中,等待我们去读。

写到这里,忽然想起陀思妥耶夫斯基在《群魔》开篇就谈到了斯威夫特的《格列弗游记》,说格列弗自去了小人国之后,便成了习惯:"在他们中间,他习惯于以巨人自居,甚至当他回国以后,漫步伦敦街头,也不禁要向过往的行人和车马喊叫,让他们碰见他就赶快闪开,谨防他一不小心把他们踩死。他自以为他依然是个巨人,而其他人则都是小人。"我以为古代中国便是这样一种小人国或小人儿之国。每个古代秘密的志怪写作者,大约都有瞥见小人儿的幻想,也有将自己误读为巨人的某种野心。大与小,只是一个几何概念。我们不过是在传奇与诡异故事的遮蔽下,暂时忘记了自己的局限而已。

2016 年 6 月　北京

.

附四：

飞头之国

——幻想力缺席时代与小泉八云之《怪谈》

清人蒲松龄《聊斋》自序中言："人非化外，事或奇于断发之乡；睫在目前，怪有过于飞头之国。"唐人段成式《酉阳杂俎·异境》有云："岭南溪洞中，往往有飞头者，故有飞头獠子之号。"再如元代航海家汪大渊《岛夷志略》所载之"尸头蛮"更绝，云其"与女子无异，特眼中无瞳人。遇则飞头食人粪尖头飞去，若人以纸或布掩其颈，则头归不接而死。凡人居其地大便后，必用水净浣，否则蛮食其粪，即逐与人同睡。倘有所犯，则肠肚皆为所食精神尽为所夺而死矣"。另外尚有《新唐书》记载之"飞头獠者"亦如是。

不过，史上诸如此类有关"飞头"之论，其实皆出自晋代干宝《搜神记》中所言之落头民。因干宝最先有曰：

> 秦时，南方有"落头民"，其头能飞。其种人部有祭祀，号曰"虫落"，故因取名焉。吴时，将军朱桓，得一

婢，每夜卧后，头辄飞去。或从狗窦，或从天窗中出入，以耳为翼，将晓，复还。数数如此，傍人怪之，夜中照视，唯有身无头，其体微冷，气息裁属。乃蒙之以被。至晓，头还，碍被不得安，两三度，堕地。噫咤甚愁，体气甚急，状若将死。乃去被，头复起，傅颈。有顷和平。桓以为大怪，畏不敢畜，乃放遣之。既而详之，乃知天性也。时南征大将，亦往往得之。又尝有覆以铜盘者，头不得进：遂死。

此妖怪传说传到日本后，便为"辘轳首"，也就是"飞头蛮"。最著名的即1904年日籍爱尔兰作家小泉八云在其《怪谈》一书中所详细描写的故事。小泉八云也说明了是来自中国《搜神记》。最有趣的是，小泉八云笔下的日本古代飞头，被僧人回龙（曾为武士）砍掉时，因死死地咬住了回龙的僧袍，便一直挂在上面，怎么也摘不下来。回龙后来无论走到大街、法庭还是野外，都任凭那颗飞头挂在其腰间，成了他随身携带的一个可怖的象征。

作为东方近代怪谈文学鼻祖之一，小泉八云（1850—1904）本是白人，即原名拉夫卡迪奥·赫恩（Lafcadio Hearn），1850年生于希腊，长于英法，19岁时到美国打工，干过酒店服务生、邮递员、烟囱清洁工、记者等。1890年赴日，此后曾在东京帝国大学和早稻田大学讲授英国文学，然后与小泉节子结婚，入日本国籍，从妻姓小泉，取名八云。据说小泉曾在辛辛那提爱上过一个黑人女仆，和她非正式结婚。但因为与黑人结婚在当地是违法的，他受到舆论的猛烈抨击，不得不离开辛辛那提，继续漂泊生涯。在美国各大城市漂泊数年后，1881年,他到新奥尔良任美国南部最大报纸《时代民主党人报》的文艺栏编辑，发表了许多作品。生活安定下来，文名越来越大。1889年他作为纽约哈泼兄弟出版公司的特约撰稿人前往法属西印度群岛担任特约通信员，他在热带海岛上生活了两年，用搜集到的材料写成了一本《法属西印度两年记》。在西印度待得不耐烦，他便萌生了游历东方的兴趣。当时，维新变法后的日本逐渐引起了欧美的关注。1890年，《哈波斯杂志》聘请他到日本担任自由撰稿人。同年，他娶了小泉节子。

小泉八云通英、法、希腊、西班牙、拉丁、希伯来等多种语言,学识颇渊博。归化于日本国后，写有《异国生活与回顾》《日本魅影》《日本杂记》等书，详细介绍日本风俗、宗教和文字。还有如《心》《佛田的落穗》《阴影》以及讲述古代奇闻、传说与鬼神之故事的《骨董》及《怪谈》。他的鬼怪写作——就像一种对黑暗事物的诉求，直接影响了如芥川龙之介等近代日本作家对自身母语与传统的再解构。

《怪谈》中牵涉的妖魔鬼怪甚多，而小泉文笔隽秀，原文本是英语。当此书再次被转译过来时，就连日本读者自己也为其细腻流畅的叙述感到吃惊，而且小泉似乎在尽量广泛地搜罗日本传说中比较容易被西方读者接受的鬼怪。他写了琵琶师无耳芳一、专门食人尸首的鬼、鸳鸯、雪女、骨女、向日葵、幽灵瀑布、茶碗中的脸、死灵、痴女、巨蝇、食梦貘、果心居士、骑在尸体上的男子、弘法大师、艺妓、屏风里的少女、蜘蛛精、蟾蜍精、天狗以及很多古代武士的故事。其中也不乏脱胎于中国的传奇，如《食梦貘》本来自《山海经》中的上古怪兽；《人鱼报恩记》来自晋人张华《博物志》之"鲛人泣珠"；而《守约》一则中为不爽"菊花之约"，宁愿剖腹后以阴魂返回故乡的武士赤穴之事，则来自明人冯梦龙《喻世明言》中的"范巨卿鸡黍死生交"等。

小泉八云的编辑方式，显然受到了类似六朝志怪的影响。但他的写作又是白话的，是一种对中日两国古代传奇的再演绎。而王新禧译本之《怪谈》，集中了《怪谈》和《骨董》两本书的内容，再加上小泉八云别的著作中所有与志怪故事有关的小说，一共有50篇。译文还参阅了几乎所有的英译本原文，力求做到三语皆精准。这些对于想完全了解小泉八云小说写作的人来说，无疑都是很方便的。

再者，通读这部短篇小说集全书，最大的直观感觉还有佛教对小泉八云的影响。因书中有关生死轮回、因果、放生、菩萨与异化的传说，占了相当大一部分。牵涉到和尚的故事尤其多。

当然，其中最迷人的篇章，我个人认为还是更具有怪诞与抽象意义的那种鬼故事。如其中比较短的一篇《貉》，我暂且再抄录如下：

东京赤坂町有个叫纪国坂的坡道……一到夜晚，这附近就没一个行人，显得一片死寂荒凉，夜归的行人一定会避开纪国坂，绕道而行。

传说这附近常常会出现貉，人如果不小心遇到这貉，至少要生场大病。……有一天夜晚，就如平常一般，一个商人快步地登上纪国坂时，便看见护城河旁边站着一个女人，正在抽泣。那女人好像要投河自尽的样子。她的身材皎美，头发整整齐齐地披在肩上，看起来像是出身善良家庭。

"喂！姑娘！"商人这样称呼她，"为什么在这里哭呢？可否说出来。你有什么困难？若是我能帮忙，我一定答应你。"

商人是个善良又热心的人。但是女子没有回答，还是不断地哭泣。经过一段很长的时间，她连头也不转一下，只是自顾自地哭。她不出一声地站着，然后背对着商人，慢慢挨近他。商人把手放在女子的肩头，阻止她靠近，说：

"姑娘！姑娘！请你说话！……喂！姑娘……姑娘！"

就在商人如此说的时候，女子慢慢转过头来，用手朝自己脸上一抹。商人顺着这由上往下的一抹看过去，女子的脸上居然没有眼睛、鼻子及嘴巴也统统没有，商人大吃一惊，拔腿便逃。在纪国坂上，他连滚带爬地逃命，眼前一片黑暗，连回头再看一眼的勇气都没有，几乎连灵魂都出了窍。幸好过不久，前面出现了下点灯光，那是在路旁卖宵夜的摊子。真是碰到了救星。商人跑到那个老板面前，上气不接下气地"呀！——呀！——"叫个不停。

"怎么回事？是不是有武士在试刀斩人？"老板慢条斯理地问。

"不、不是！"商人略微喘过一口气，"那里有……呀……呀……"

"什么？到底是怎么了！"老板也急急忙忙地问，"有强盗吗？"

"喔！不是强盗……不是抢东西！"

商人还是结结巴巴地说："那个……那个女人，站在沟旁的那个女人……那个女人就这么一抹……然后什么都没有了！"

"哦，原来是这样！你看到的那个女人，是不是这样？"

那老板一说完话，便也朝自己脸上一抹。紧接着，老板的脸便像鸡蛋一样光滑，什么都没有……

商人当场昏厥，瘫倒在地。同时，灯灭了。

没有面目的鬼，比具象的鬼更有神秘感，也更令人毛骨悚然。因为"无脸"的存在，会把一切我们习以为常的东西全都变成荒谬的墙或假象，甚至那女子的头发也会如假发一样在空中飘荡。但其中心，仍然还是对女人（神秘之美）的思索。记得里尔克曾说："在古希腊神话中，当一条毒龙被英雄刺杀的瞬间，往往会变成一个被囚禁的少女。这象征着外表可怖的事物，在内心中常常是无助的。"此理东西方皆通。

当然，阅读《怪谈》的前提是你对古代事物、风景与语境认同。

因为"古代"这个词，本身是一个大的心理环境。如果这个环境已被我们破坏了，那么一切文学中的那些鬼神也就失去了魅力和恐怖感了。正如小泉八云说的："我不很肯定那些妖精是否还住在日本，因为新式铁路和电话把许多妖精都吓跑了。"

再回到我开篇时说的那则故事吧。

史上关于人头的典故很多，如《旧约》中莎乐美拿着圣约翰的人头跳舞，古希腊神话中"拿着奥尔弗斯的人头色雷姑娘"，还有美杜莎被砍下来的蛇发人头，或关羽那颗被送到曹操手里时还能睁眼看人的人头等。可若说到能飞的人头，大约也是罕见的。小泉八云的（或干宝的）"辘轳首"算是仅有的一个吧。还记得我少年学画时，常画石膏素描，于是很熟悉那座 1506 年在意大利出土，曾一度差点被米开朗琪罗修补过的古罗马雕塑"拉奥孔雕像群"。这个雕塑后来被用于一般石膏美术教学品。但因只截取其头部，用来当作素描对象，而雕塑中的拉奥孔因被蟒蛇缠住，面容惊恐，张着嘴，头发卷曲，状若飞舞，后来也被称为"飞头"。18世纪德国美学家莱辛在《拉奥孔：或论诗与画的界限》一书中详细解构过这一神话中的诗学与艺术。20世纪80年代第一次读到该书之朱光潜译本时，也很让我着迷了一番。

然此"飞头"非彼"飞头"乎？想来甚有巧合的意味。

莱辛问道："拉奥孔为何不会在雕刻中哀号，而会在诗中哀号？"

这就是文字的魔力。小泉写到的"辘轳首"，对我来说，更像对当代文学"幻想力缺席"的一种隐喻。因为今天我们除了在如魔幻现实主义、卡尔维诺、博尔赫斯或一小部分现代诗人的写作中，能偶尔瞥见"幻想力"的闪现。大多数时候，文学家们的头就一直留在脖子上，从未敢在夜晚飞出户外，去那广阔无垠、不可思议的天地中看一看。作家们通常太关心社会、现实、政治、历史或思想等这些文学的附属品，而忽略了我们东方人自《山海经》时代与六朝志怪以来便最拿手的关于"怪力乱神"的特殊技艺。有时，太在乎意义的东西，反而会沦为无意义的东西。而看似无意义的东西，最终却会变成象征。如干宝、小泉八云或蒲松龄们当年所感叹的那个"飞头之国"，其实也正是对自由幻想的追寻吧。

2011年9月25日